奥様は惨殺少女
オクサマ
ハ
ザンサツ
ショウジョ

トウジョウ
ジンブツ
さゆり

みゆき
大志
？？？

ちょっと寒いけど、
ここに来て良かったね――

目次

閑話　彼女は誰を想(おも)うか？

殺してやる

あの女が憎い

憎い。

あの人を奪ったあの女が、憎い。
私の赤ちゃんを奪ったあの女が、憎い。

ざくりと音がして
あの女が死んだ。

あの女が憎い。

奥様は惨殺少女

第一章「よくある毎日」

ヨクアル
マイニチ

俺の名前は大志、商社に勤める将来有望なサラリーマンである。

今日も一日のお勤めを終えて、愛する妻のいる我が家に帰る。

妻の名前はさゆり。可愛いさかりの中学生だ。

中学生相手に結婚できるかどうかの問題はこの際置いておいて、存分に俺と幼な妻とのいちゃいちゃっぷりを堪能してほしい。

そうこうしているうちに、もう我が家だ。頑張って買ったこの家は、ローンが結構あるものの、さゆりが上手くやりくりをしてくれているお蔭で早めに返すこともできそうだ。

将来子供が生まれた時のために部屋数も確保してある。新築の自慢の我が家である。

玄関についているインターホンをゆっくりと押すと、「ピンポーン」という軽快な音が鳴る。もちろん俺自身も鍵は持っているが、こうやって毎日妻に扉を開けてもらうというのも中々いいものだ。

「はーい」

扉の向こうから、妻が走ってくる音が聞こえる。そんなに急がなくてもいいと思うのだが、妻は一秒でも早く俺に会いたいらしい。可愛いやつめ。

がちゃり、と音がして扉が開く。同時に妻の顔が見える。俺はそれに合わせて「ただいま」と笑顔で言った。

「あ、お帰りなさい」

俺だということをわかっている癖に、さゆりはいつも今気づきましたと言わんばかりにこちらを見る。普段は走って玄関の扉を開けることはしない癖に。

にこにこと笑って俺の鞄を持つさゆり。その服装はセーラー服である。妻はいつもセーラー服を着ている。一度疑問に思って聞いてみたら「楽だから」と答えられた。

まぁ男の俺にはわからない事情とかあるんだろう、その辺は気にしない。

俺は縛らない男なのだ。

ちなみに、妻はいつも包丁を手に持っている。一般家庭に良くある万能包丁というやつだ。

何故いつも持ち歩いているのか聞いてみたところ「便利だから」と答えられた。

まぁ男の俺にはわからない事情とかあるんだろう。その辺は気にしない。

俺は縛らない男なのだ。

さゆりは俺の妻で、とても愛らしい。

カラスの濡れ羽色のような美しい黒髪。愛らしい目は黒曜石のような黒さと、アルビノなのかほんの少しの赤を見せる瞳。体躯は抱きしめたら思わず折れそうな細腰だが、案外ほどよく肉がついていて、抱き心地も素晴らしい。

そんな美しいまるで妖精のようなさゆりだが、もちろん良いところは外見だけではない。

さゆりが一番得意なのは何と言っても料理。

さゆりの作る料理はまさに逸品（いっぴん）！　和洋中何でもござれで、一番得意なのは和食だそうだ。最近の若い子と違って魚を三枚におろすことなどお茶の子さいさいだし、アンコウの解体までできるらしい。さらに俺はあんまり見たことがないが、動物系の解体もできるらしく、生きた鶏（にわとり）をもらってきてたまに絞め鳥料理として出してくれる。

余談だが、さゆりの趣味はガーデニングだと周りには言っているが、どう見ても育っているのはトマトやキュウリ、ナスなどの野菜である。それはガーデニングではなく単なる家庭菜園だろうとツッコミたいのは山々だが、ガーデニングだと言い張るさゆりが可愛らしいのでそのまま放置している。

「……？」

さゆりが俺を不思議そうに見ている。

どうやら俺がさゆりを見て心の中でさゆりの可愛らしさをあげているうちに、幾秒（いくびょう）か無言でにやにやしながらさゆりのことを見つめ続けてしまったようだ。

いけないいけない。ついさゆりについて語りすぎてしまった。

俺はさゆりのことが可愛くて可愛くて仕方がなく、ついついこうして長く語ってしまうのがだめなところなのだ。

同僚に目いっぱい惚気（のろけ）てみたところ、同僚は5分ぐらいで「いい加減にしてくれ」と怒った。当たり前だろう。

でもさゆりの良い所はまだまだこんなもんじゃない。もちろんベストな料理については話したが、

良妻であるさゆりの良い所は一つではないのだ。

次に掃除洗濯。その辺は当たり前だが一通りにできる。

洗濯も色分けや皺（しわ）の伸ばし、アイロンがけとどれも手抜きにせずいつも清潔で綺麗（きれい）な服を俺に着せてくれている……。

……。ああ、だめだだめだ。また俺だけの世界に入るところだった。

「えっと、アナタ」

妻が俺の鞄を持って、ふと俺の方を見る。その顔は心なしかほんのりと赤くなっている。

「あのね……」

足をもじもじとさせながら、さゆりが何かを思案しているようだ。

こういう仕草もさゆりは可愛い。

「ん？　なんだ？」

恥ずかしいのか、中々言い出さないさゆりに次の言葉を催促（さいそく）する。

にこやかに笑って言うと、さゆりはようやく決心したのか、顔をぱっと俺の方に向けてはにかみながらこう言った。

「お風呂にする？　ご飯にする？　むしろ私？　それとも……」

「み・ゆ・き・に、する……？」

「うん、みゆきかな」

さゆりの問いに、俺はにこやかに答える。

それに対してさゆりは、

「へー、そう」

と一言だけ呟いて、俺を持っていた包丁で貫いた。

ずぶり、と俺の中に異物が入り込んでくる感触がする。

ごぷり、と血が俺の口から溢れ出した。体が熱い、目が霞む。何も見えなくなってきた。

痛い、痛い、痛い、悲しい。

意識が揺らいでいく。俺の意識は闇に消えていった。

*

俺の名前は大志、商社に勤める有望なサラリーマンである。

毎日仕事は大変だが、愛する妻が家で待っていると思うと辛くはない。

今日も一日の仕事を終えて我が家に帰る。二階建ての我が家はそこそこ広くて自慢である。

「おかえりなさい、アナタ」

玄関のインターホンを鳴らすと、愛する妻であるさゆりがすぐに扉を開けてくれる。

さゆりがいない時は鍵で開けるが、こうやって出迎えてもらえるのが嬉しくて、毎日インターホンを鳴らしてさゆりが開けるのを待っているのだ。

「ただいま、さゆり」

頭をぽんぽんと撫でつつ、さゆりに鞄を預ける。さゆりは鞄を受け取った後、じっとこちらを見つめていた。

「ん？　どうした？」

何か言いたいことでもあるのかと優しく尋ねると、さゆりは少し恥ずかしげに口を開いた。

「お風呂にする？　ご飯にする？　むしろ私？　それとも……」


「みゆきに、する……？」


「お風呂にするよ。今日は結構疲れたんだ」

今日は一日中ＰＣに向かって仕事をしていたせいか、体のあちこちが硬い。

熱いお風呂にでも浸かって体をほぐしたかった。

「そうなの？　良かった。ちょうどね、お風呂が沸いたところなの」

さゆりが笑いながら答える。相変わらず用意がいい妻である。

「そうか、じゃあ早速入るとするか」

俺がそう言うと、さゆりは準備をしにバタバタとお風呂場の方へと走って行った。

*

「あー、今日も疲れたなぁ……」

家への帰り道、俺は疲れた体を引きずるようにして玄関のチャイムを押した。

体は倦怠感（けんたいかん）で溢れている。

正直言って、今すぐベッドに倒れて眠りたい気分だ。

少し風邪気味なのも原因の一つかもしれない。

「失敗したなぁ……」

風邪気味な原因は恐らく昨日、お風呂で眠りこけてしまったことだろう。

さゆりに起こされて出たが、お湯は冷めきってしまっていた。

一応温かくして寝たが、少し湯冷めしてしまったのもある。

……今日はそんな失敗をしないようにしなければ。

「おかえりなさい、アナタ」

玄関の扉が開いて、今日も可愛い愛妻が出てくる。

毎日出迎えてくれる人間がいるのは嬉しいものだ。

「アナタ、ご飯出来てるから食べちゃって」

今日はご飯が既に用意されているらしく、さゆりがご飯を先にとるよう要求してくる。

昨日お風呂が先だったから、少し対抗心でも燃やしているのだろうか。

余談だが、さゆりは自身の料理に凄く自信があり、ともすれば自分よりも料理を優先させてしまうことが度々あるぐらい料理には確固とした信念があるらしい。

「今日はホワイトシチューよ」

食卓につくと、さゆりがことりとスープの入った皿を俺の目の前に置く。

ほかほかと湯気が立つシチューには色鮮やかな人参や鶏肉、じゃがいもなどが入っていてとても美味しそうだ。

「お、美味しそうだな」

食欲をそそる匂いに、思わずごくりと喉を鳴らす。

いただきます、と言ってシチューを口に含むと、ほのかな甘みと牛乳のコクが舌を優しく刺激し、熱さなど気にもせずに口全体で味わって飲み込む。

人参は柔らかくて甘く、じゃがいもはほくほくとしているのに崩れておらず食べやすい。

鶏肉は丁度食べやすい大きさにカットされており、口に含んで咀嚼すると、濃厚な肉汁が口いっぱいに広がった。

美味しい。本当にさゆりの料理は美味しい。

さゆりは小さい頃から料理をしていたからだと言うが、それでもこの料理の腕は一級品だと思う。

恐らく既にプロ級だと思われるさゆりの料理が、未だに進化し続けているというのは嬉しいやらほんの少し怖いやら、だ。

「あ、そうだアナタ」

スプーンですくったシチューをひたすら口に入れている途中、さゆりがじっと俺を見ているのに気付いた。

「ん？　なんだ？　みゆきの方が料理は美味いな」

恐らくされるだろう質問になんとなく冗談で答えると、さゆりはゆっくりとテーブルの下から包丁を取り出した。

「ううん、違うの。そういうのを聞きたかったんじゃないのよ」

にこりと笑いながらさゆりが俺の首を持っている包丁で掻っ捌く。

途端に俺の首の頸動脈は切れ、一瞬で失血死へと至る。

俺はその刹那の瞬間「さゆりは料理にはこだわりがあるからなぁ」と思って息絶えた。

*

「どうしたんだ？　料理は美味いぞ」

さゆりが俺をあまりにもじっと見ているので、何か疑問でもあるのだろうかといたって当たり前の感想を述べる。

「えっ？　ううん、違うの。そうじゃなくて……」

さゆりは料理を褒められることが好きだから、褒めてほしいのかと思ったがどうやら違うようだ。

何だろうと思い、先を促すと、さゆりはちょっと困ったような顔をしてこう言った。

「あのね、明日は土曜日でお休みでしょ？　だから……どこかに連れていってほしいなって思って」

さゆりのその言葉にふと頭を巡らしてみると、最近忙しくてどこにも連れていってやれていなかったことを思い出した。

ようやく少し前に仕事がひと段落したところで、それまでは土曜日も家に仕事を持ち帰ったり、日曜日は疲れてずっと寝ているということが多かったからだ。

俺とさゆりはまだ若いのだ。どこにもデートに行かずに終わってしまう夫婦生活というのは嫌だ。もっとも、子供ができても年をとってもデートがない夫婦生活は嫌だが。

「うん、いいよ」

にこりと笑って答えると、さゆりがぱぁっと顔を明るくして俺の方を見た。

「ほんとっ!?」

「ああ、最近どこにも行ってないだろ？　俺も明日明後日(あさって)と特に用事がないしな」

肯定を返してやると、さゆりは凄く嬉しそうに笑った。

こういう素直なところがさゆりは本当に可愛いと思う。

「じゃあどこに行く？」

さゆりがにこにことほっぺたに手を当てながら聞いてくる。

その仕草が可愛らしくて、思わずほっぺたを指でちょいちょいとつつくと、「真面目(まじめ)に答えてよー！」とさゆりが頬(ほお)をほんの少し膨らませた。それすら可愛くてさらにほっぺたをつつくと、ぷいと顔を逸らしてしまった。さすがにまずいと思い、慌てて提案をする。

「遊園地なんかはどうだ？」

大人になってまで遊園地、というのはどうかと思うが、さゆりは中学生なんだし、いいと思った。

「遊園地？　うん！　行こう！」

さゆりが嬉しそうにはしゃぐ。

その姿を見ると、やっぱりさゆりは中学生なんだなぁと思う。

中学生のデートの定番は、やっぱり遊園地だよな！

俺も中学生の頃はさゆりと一緒によく遊園地に行ったもんだ。

その時のさゆりもたくさんはしゃいでそれはそれは大層可愛かったというものだ。

「明日は休みだからな、そうと決まれば今日はもう寝るか。混む前に早めに行きたいし」

俺がそう言うと、さゆりは「そうね」と笑って食べ終わったシチューを前にご馳走様をする。それを見て俺も慌ててご馳走様をすると、さゆりはくすりと楽しげに笑った。

＊

「うわ〜たくさん乗り物があるのね！」

さゆりが子供みたいにきゃあきゃあとはしゃぐ。

「おいおい、あんまり騒ぐなよ」

「だって久しぶりだもの、遊園地！」

あまりのはしゃぎっぷりに、俺が注意をするとさゆりがほほをぷくっと膨らませて俺を睨む。

確かに遊園地にはここ何年も行ってない。でもあまりはしゃぎすぎると大人気ないぞ。

「それにしたって……さゆり、お前私服はどうした」

さゆりの今着ている服は、どこをどう見ても紛れもなくセーラー服だ。

さゆりの通う学校指定の赤いセーラーリボンと、制服にしては珍しいニーソという組み合わせの。

「えー……だってこれが一番楽なのよ。それに、私あんまり私服持ってないし……」

さゆりがその場でくるくるまわる。

楽って言ったってそれはないだろうと思った。

でも、まぁ、さゆりがそれでいいと言うならいいだろう。

……少し周りの視線が痛いが。

それにさゆりは私服でスカートの類を履くのを嫌がるのだ。私服はいつもニットのセーターやTシャツにズボンという服装だった。

最近ようやくスカートを履くようになってはきたが、それでも俺がどうしてもと頼まないと着てくれない。

「それよりほらっ！　早く何か乗ろうよっ！　ぐずぐずしてたら日が暮れちゃうわ！」

さゆりが俺の腕をぐいっと引っ張る。

確かにそんなに混んでいないとはいえ、繁忙期ではない時期の遊園地は意外と閉園するのが早い。

お目当てのものがあるなら、さっさと乗ってしまった方がいい。

そう考えて、まずどれに乗ろうかと悩んでいると、ふと目の前にそんなに混んでいないアトラクションを見つけた。

「よし、さゆり。これに乗ろう」

俺が指差したアトラクションを、さゆりが見る。そこには「滝下り」と書いてあった。

このアトラクションは、各遊園地で名前は違うがよく見るタイプで、いわゆるウォータースライダーみたいなものだ。

ボートのようなものに乗って一直線の水の通路を進んでいき、最後は高い所から地上にダイブというたってシンプルなわかりやすいアトラクションである。

結構よく見るタイプのアトラクションだ。

時期的に水を被（かぶ）ると少し寒いかもしれないが、近くにヒーターも完備されているので問題はないだろう。

……問題があるとすれば看板に「当アトラクションは風邪をひく可能性がございます」と書いてあることだが。

「あ、今ならすぐ乗れるって。行きましょう？」

さゆりに促されて、アトラクションに並ぶ。あまり並んでいなかったのもあって、すぐに乗り物に乗れた。

現代風に言うとライドってやつだろうか、それにさゆりと二人で乗り込む。

ライドは二人乗りのようで、後ろに乗る人間が足を開き、その間に前の人間が乗り込むというタイプだ。

シートベルトとアームでロックされ、あまり身動きはとれないが、さゆりにこうやって抱きつくことができるので大変嬉しい。

ちょうど顎（あご）の下辺りにさゆりの頭がくる位置で、さゆりの髪が少しだけこしょばかった。

係員にロックを確認された後はそのまま水に流されるままコースを進んでいく。

コースはゆっくりと遊園地の外周辺りをまわるようで、高い所にのぼると景色もいい。

涼やかな水音と、後は遠くの方で聞こえるジェットコースターの音ぐらいで意外と静かだ。

「意外と景色いいんだな」

「そうよ、カップルに人気のアトラクションなんだから」

上から落ちるというアトラクション上、高い所に行くのは必須である。

そのためカップルには案外人気があるらしい。

一つはもちろん景色が良いこと。二つ目は二人っきりの空間が保（たも）てるということ。三つ目は密着できるということ。そして最後は高い所にいることで吊（つ）り橋（ばし）効果もある程度狙（ねら）えるということだろうか。

そうなると人気が出るというのもわかるというものだ。

「お、また上にのぼるのか」

ライドが既に結構な高さにあるというのに、更にまだ上へといこうとしているようだ。

既に地上から40ｍぐらい上にあるので、これ以上いらない気がするのだが。

「なんか、結構高いところから落ちるんだな。普通の遊園地より既に高いんじゃないか？」

俺がそう、疑問を口にしたところ、さゆりから思いもよらぬ言葉が返ってきた。

「え？　このアトラクション、33ｍの高さをほぼ連続で3回落とされるということで有名なアトラクションなのよ？　あと50ｍは最低でも上にのぼるんじゃないかしら」

……は？

ちょっと待ってほしい。どこの世界に水のアトラクションごときで33ｍという高さから叩き落とした(たた)あげく、それを連続で3回もおこなうアトラクションがあるのだろうか。

ちなみに某遊園地で約26ｍである。それより約10ｍも高い癖に、なおかつ3回も落とすのか。それはもう何か違うアトラクションなんじゃないだろうか。

「ほら、あそこ見て。あそこが丁度落ちるところよ。楽しみね！」

そう言って、さゆりが指差す方向を見ると、そこには恐ろしい光景が広がっていた。

高さおよそ100ｍ。航空障害灯がついている。おかしい、おかしすぎる。

確かに一気に100ｍを突き落とすようではないが、33ｍ落下した後、その勢いがほとんど衰えない距離でまた33ｍ下に落下している。そしてそれがもう一回あるのだ。

自分たちより前の人間が落ちていく様子が何度か繰り返される。

その様子は滝つぼに落ちていく倒木のようだ。

ああ、だからこのアトラクションは「滝下り」と言うのか。でもどうみても滝下りというより滝落下である。このアトラクションを設計した人間は一体何を考えていたのか。

いやそれより許可を出した人間の方だろう、問題は。

というか、フリーフォール系でも高さ50mが精々だと思われるのにその約倍とはどういうことだろうか。これは夢だ、夢に違いない。ああ、まだ上にあがってる。おかしい。

そんなことを呟いていても、ライドはどんどん最終目的地に向かって進んでいく。

高さは既におよそ100m。とっても高くて景色が良いとか言っている場合じゃない。

しかしそんな中でもさゆりは「わぁ綺麗」とか言いながらはしゃいでいた。鉄の心臓でも持っているのか、俺の妻は。

俺の心の準備とは別に、どんどん最終目的地点へと進むライド。あともう一つ角を曲がればそれで後は落ちるだけだ。

落ちるだけ。落ちるだけ。別段怖くない。安全面は確保されているだろうし、このアトラクションは人気だと聞く。それぐらい人が乗っているんだ、大丈夫大丈夫……。

とうとう後は落下するだけの場所に来た。水に流されたライドが徐々に傾いて、俺の眼前にとてもとてもアトラクションに乗っているとは思えない高さ(約100m)の光景を見せてくれている。ホテルやどこかの塔にでもいるのであれば、それはそれは素晴らしい眺めになっただろうその景色は、今や自殺まであと一歩としか感じられない。

どれぐらい時間が経ったただろうか。もちろん落ちるまでの時間は恐らく数秒もないだろう。

だが俺の体感時間では1時間はゆうに越している。それぐらい怖い。というか体感時間がここまで遅く感じられるということは、これはもしかして走馬灯というやつでは……。

「あ……」

急に浮遊感が俺を襲う。落下が始まったのだ。角度は横から見た感じ、直角とまでは言えないが、それでもかなりの角度ではあった。

その急角度を、はじめは緩やかに、そして徐々に速くライドが滑り落ちていく。正直このスピードで落ちていって、果たしてコースアウトしないのだろうかという疑問もある。

だがそんな疑問さえも打ち消すぐらいの勢いでライドは33m駆け下りていった。

「は……は……」

大きく息を吐く。ガタガタと揺れるライドに、一瞬本当に吹っ飛ぶのではないだろうかという恐怖感もあった。

だが、一息つく、という瞬間すらこのアトラクションは与えてくれなかった。

「……っぁ!?」

ばしゃーん！　という大きな音が聞こえたかと思うと、何かが体中を叩いた。

それがライドによって吹き上げられた水だと理解するのに数秒。

その頃には、もう次の落下地点についていた。

水浸しの体。自身が濡れていて、それがこのアトラクションのせいだと気付く前に。

俺の体は再度落下していた――

「あー…………あ……ふぅ……」

大きく、本当に大きくため息をつく。

あれから二度落下した後、俺の体はもう限界だった。というか、ライドも限界だった気がする。

何しろ最後に落下したとき、ライドはどう考えても宙に浮いていたような気がするからだ。

「水しぶきの中を進んでとても綺麗だったわね！」

俺がぐったりしている目の前で、さゆりはさっきのアトラクションの感想を爽やかに言い切っている。

水しぶきがキラキラと光って綺麗だったとか、水中を進んでいるようだったとか、浮遊感が良かったとか笑いながら言うさゆりに、こいつは化け物なんだろうかと思った。

何しろ今現在の俺らの状況はまさに濡れ鼠。全身ずぶ濡れなのだ。

現在いる場所はアトラクション近くの乾燥場所。ヒーターにガンガン当たっているにもかかわらず、俺の頭からはまだ水がぽたぽたと滴り落ちている。

そんな状況なのにさっきのライドが素晴らしいと言ってむしろ、

「また乗りたいわね！　ねぇ大志、もう一度乗らない？」

とかそんなことを言ってくるのだ。俺の妻は何なんだ。

「いや……俺は遠慮しておくよ……。ちょっとさっきので疲れたかな……？」

ため息まじりに答えると、さゆりが少し残念そうな顔をしたものの、俺が心底疲れている様子を見て渋々諦めたようだ。

「じゃあ次は何に乗ろうっか！」

……諦めたのはさっきのアトラクションのみで、他のアトラクションにガンガン乗るつもりなのは変えるつもりがないようだが。

こうなったら帰る選択肢を一応念のため少しだけ聞いてみるしかない。

えーと、このまま残るか家に帰るかそれともみゆきの元に帰るか。

どれにしようか、と考えてみて俺は一つの選択肢を選び出して口を開いた。

「もう諦めて、みゆきの元へ帰ろうか……」

そうぼそりと呟くと、楽しそうだったさゆりの顔がぴくりと能面のようになる。

いけない、俺は何を言っているんだ。せっかくさゆりと遊園地に来ているのに。

何で帰るならまだしもみゆきのことを口に出したんだろうか。

「冗談だよ、じょう……」

慌てて冗談だと言おうとする。が、二の句を告げさせずに俺の頭は胴体から切り飛ばされていた。

どんどん離れていく胴体を見て、ああこれは即死だなぁとどうでもいいことを俺は思った。

＊

「んんー……」

大きく体を伸ばす。

あれから色んなアトラクションに乗った。

ジェットコースターやお化け屋敷、メリーゴーランドなど定番のものばかりだが、この遊園地のアトラクションはどれも一筋縄ではいかないらしく、とにかく「3」がつく乗り物が多い。

ジェットコースターは33回転に33回ひねり、止めに垂直落下333ｍという凄いものだ。垂直落下の高さなら最初に乗った滝下りを遥かに超える。

お化け屋敷も全長3ｋｍという歩くだけで疲れるレベルのもの。

と、まぁこんな風にどれもこれも人が乗る物じゃねぇというレベルのアトラクションばかりなのが有名な遊園地なのである。

そんなわけで、今の俺は……。

「はぁ……疲れた………」

「大丈夫？」

さゆりが俺を気遣うように売店で買ったウーロン茶を差し出す。

俺はありがたくそれをもらうと、ごくりと飲み込んだ。

冷たい液体が喉をとおっていく感覚がする。

くらりとした頭がほんの少しだけ正常に戻った気がした。

「もう夕方だな」

ようやく落ち着いた頭を起こして周りを見回せば、既に辺りは夕焼けに染まって真っ赤だった。

いつのまにこんなに時間が経ったのだろうか。

やはり好きな人と一緒にいる時間というのはこんなにも早く過ぎてしまうものなのだろうか。

「そうね、あっという間だったわ」

さゆりもほんの少し名残惜しげに笑う。さらりと髪をあげて自分用に買ったのだろう売店のジュースを飲みながら空に映った夕焼けを見ていた。

もう疲れたし帰ろうか、そう思って立ち上がろうとすると、ふと目に映るものがあった。

「観覧車……」

「え？」

ぼそりと俺が呟いた言葉を、さゆりが聞き返す。

俺の眼前には大きな観覧車があった。

観覧車、か。本当はもう帰ろうかと思ったが、デートの定番と言えば観覧車だろう。最後に乗るものとして丁度いいし、何より今は夕焼けで景色も良い。ならばこれに乗って今日のデートを〆(しめ)にしようじゃないか。

「さゆり、最後に観覧車に乗らないか？」

「観覧車？　うん、乗りたいな」

俺の問いにさゆりが二つ返事で言葉を返す。

椅子(いす)から立ち上がって観覧車に向かうと、もうお客はほとんどいないようだった。

「どうぞー」

係員の指示に従って丸い乗り物に乗り込む。

「って、怖いだろこれ」

乗ってから思わずその乗り物に乗ったことを少し後悔した。

何しろこの観覧車、全面透明なのだ。

外からはマジックミラーになっているらしく見えないようだが、中からは外が全部丸見えなのである。足元が透明なため、物凄く心もとない。

「わぁ、結構面白い仕掛けなのね」

さゆりだけは相変わらずはしゃいでいる。怖くないのか、これ。

乗り込んだ後、係員が外からカギを閉める。ガチャンと金属の音が聞こえた後は無音だった。

静かな二人だけの空間。お互い何か気恥ずかしいのか、無言だった。

外を見ると綺麗な夕日が丁度山の向こうへと沈んでいくところで、暁の色と群青色が混ざってとても美しかった。

さゆりもこの景色が気に入ったようで、食い入るように外を見ていた。

ゴンドラは少しずつ最上部へとあがっていく。

沈む夕日、昇るゴンドラ。何も聞こえない。

「ねぇ」

そんな無音を、さゆりが破る。

景色の方を見るのをやめ、さゆりの方に顔を向けると、さゆりの顔がいつもと違うような気がした。

「何だ？」

暗い観覧車。その中ではさゆりの表情はわかりづらい。けれどさゆりが真剣な表情をしているのはわかった。

何か、大事なことを話したい。そんな雰囲気。

「あのね、一つ……聞きたいことがあるんだけど」

ぼそりと呟くような声でさゆりが喋る。

だけどこの静かな空間ではさゆりの声はよく響いた。

泣きそうな、震えるようなさゆりの声。それに対して俺は慰めるように優しく言った。

「なんだ、何でも聞いていいぞ」

にこりと笑いながら言うと、さゆりは聞く決心がついたのか、口をゆっくりと開いた。

「アナタは……大志は……」

まるでさゆりごと消えてしまいそうな声。思わず抱きしめてしまいそうになるのを留まる。

「大志は……私のこと、好き？」

そう言うと、さゆりは何かに耐えるように目を瞑った。

何故だろうか、俺にはわからなかった。

さゆりと俺は夫婦だ。好きあって夫婦になったのだから当然好きに決まっているだろう。

なのに何で。

何で。俺の心はこんなに悲しいんだろうか。

まるで、嫌いと答えたことがあるように。

俺にはわからなかった。だからその気持ち悪い感情を押しのけるようにしてさゆりに答えた。

「もちろん好きに決まってるだろ」

「そうだよね、大志ならきっとそう言ってくれると思った」

さゆりが笑う。けれどその笑顔はどこか寂しそうに見えた。

「大志がそう言ってくれるなら、私頑張るから。絶対諦めないから」

「さゆり……？」

「うん、絶対に。ほんと……ぜったい」

さゆりの声が少しずつ小さくなっていく。

消え入りそうな声は徐々に消えて聞こえなくなってしまった。

＊

日曜日。俺はと言うと、昨日の遊園地で何故か筋肉痛が起きており、そのため朝からごろ寝しかできていない状態だ。さゆりはと言うと、朝から何かバタバタと掃除をしている。

さゆりは専業主婦なんだから、わざわざ俺が休みの日にしなくてもいいのになぁとか思いつつセーラー服のスカートがひらりひらりと舞う様子をじっと眺め続ける。

見えそうで見えないのもまたいいものだ。特にこう、絶対領域というやつが素敵だ。

ずっと見ていると、さゆりが視線に気づいたのか俺の方をちらりと見た。

「ねぇ、暇(ひま)だったら手伝って。大きな荷物とかどかさないとだめなのよ」

そう、少し怒り気味に俺に向かって言う。俺何かしたっけ。

さゆりは普段俺がゴロゴロしていても文句は言わない。専業主婦という肩書に誇りを持っているらしく、夫が外で働くのであれば、妻は内で働くのが当たり前だという。

なのでこういう申し出は珍しいのだが……。

「一人で掃除してもつまらないのよ。共同作業は二人の絆(きずな)アップよアナタ」

何やらそれっぽい言葉まで持ちだしてきた。

だがこうやってゴロゴロしているのも暇だし、さゆりと収納場所で色々話したりするのも楽しいし、何よりお願いしてくるさゆりが可愛い。だから手伝うことにした。

「わかったわかった。で、どこを手伝えばいいんだ？」

俺が作業場所を聞くと、さゆりは物置を指差した。

そこはリビングの隣にある部屋で、物置兼何かの作業場所として作ってある場所なんだが、いかんせん俺は苦手だ。

どこもかしこも白い部屋で窓がないのも閉塞感(へいそくかん)を煽(あお)る。確かどうしても空いてしまうデッドスペースをどうするか悩んだとき、さゆりが肉の解体場所としてコンクリ打ちの排水溝のある部屋を作ってほしいと言ったんだった。

普段は外で肉を解体するのだが、どうにも外で解体できない事情がある場合の場所らしい。

雨とか、あとはご近所さんに見せたくないレベルのものとか。

もし何かに使うのであれば改装すればいいし、そこは場所的に窓がどうしても作れない場所のため、物置ぐらいにしか使うことができない。さゆりが肉の解体をする場合はブルーシートをひいて処理後は水で流しているらしい。そんな場所。

ちなみに血などが多く出る場所は不浄の場所になるらしいので、さゆりはその辺気にして色々と浄化はしているらしい。俺はノータッチなので知らない。

だからそんなあまり入らない部屋に入るのは嫌だったのだが、そこを片づけてほしいと言われたら仕方あるまい。渋々俺は白い部屋に入った。

「……どこを片づけろって言うんだ？」

部屋の中は拍子抜け(ひょうしぬ)けするぐらい綺麗だった。

でもまぁそれも当たり前だろう。さゆりがたまにここで肉を解体するのだ、もし埃(ほこり)などが舞っていたら不潔すぎて問題があるだろう。

綺麗に掃除されているその場所で何をするのかとさゆりに聞いてみたところ、積んである段ボールでうっかり一番上に置いておかないといけないものを一番下に置いてしまったらしい。おそらくよく使う物が入っているのだろう。

「よいしょっと」

段ボールは力を入れずとも持ちあがる。かなり軽いと思うのだが、男と女で筋肉の量はだいぶ違う。それにさゆりはまだ中学生なのだ、こんな物でも重いのだろう。

段ボールを一つ一つ下ろしていく。３つ程下ろすと一番下の段ボールだ。

その段ボールをどかして、また一つ一つ乗せていく。ふと、一つの段ボールが目にとまった。

何の変哲もない段ボールだが、段ボールにはマジックで大きく「アルバム類」と書かれていた。

恐らく写真がたくさん詰まっているのだろう。

用事は済ましたし、ちょっとぐらい寄り道してもいいだろう。こういう写真の類は掃除の最中に見て懐かしむのが定番なのだ。

「うわー……。懐かしいな」

アルバムの一つを手に取り、ぺらりとめくっていく。そこには俺の小さい頃の写真が貼られていた。どうやら俺のアルバムだったらしい。写真に写る若い母親と父親が懐かしい。

俺のアルバムは見ていてもつまらないので、さゆりの写真はないかと段ボールを漁る。

諸事情によりさゆりの小さい頃の写真はあまりないのだが、大きくなってから……特に中学生以降は俺がよく撮ったこともありたくさんあるはずなのだ。

「はー……可愛い……可愛すぎるぞさゆり………」

写真で見るさゆりに思わずため息をはく。何だこれは、あまりにも可愛すぎるじゃないか。

さゆりはもちろん今でも十分可愛らしいが、小さい頃の姿というのはまた格別なものだ。

「お？　これは入学式の写真か？」

ぺらりぺらりとめくったページの一つにさゆりが中学の校門の前でピースをして写っている写真が目に入る。

「そうそう、この頃のさゆりはちょっとオドオドしていて結構人見知りだったんだよな～」

出会った頃の目を伏せて喋るさゆりを思い出す。何度話しかけても俯いて話すもんだから、てっきり俺は嫌われていると思っていたのだが実際はそうではなかったらしい。

「初々しかったなぁ……俺達」

一人感慨にふける。探せば俺とさゆりのツーショットの写真でもないかとまたぺらりぺらりとページをめくっていると、ふと違和感を覚えた。

「……？　ここに写っているのは…………さゆり、だよな？」

写っているのは確かにさゆりだ。どこをどう見てもさゆりだ。なのに、なんで。

「今と……違う？」

「何が？」

「……うわぁ!?」

ぼそりと呟いた独り言に反応があって、驚く。慌てて声がした後ろを振り返ると、さゆりが洗濯かごを持って俺の方を見ていた。

「何だ、さゆりか。いやな、ちょっとアルバムを見つけちまってつい……。ああ、もちろん言われた段ボール移動はしておいたぞ？」

さぼってると思われないように、既に用事は済ませたことを伝えると、さゆりは「お疲れ様」と言った後俺が見ているアルバムに顔を向けた。

「中学の頃の写真ね」

しげしげと珍しげにさゆりが写真を見ている。そんなに珍しいだろうか。それとも自分の姿なんてあまり見ないから珍しいのだろうか。

「中学に通ってた頃のさゆりは何かにつけて俺に会いに来ていたもんな～」

その様子を見ていて、ふと脳裏に中学時代のことが思い出される。さゆりは用事を見つけては俺に会いに来ていた。あまりにも会いに来るのが多くてクラスメイトには冷やかされたもんだ。そのうち来なくなったが、どうやら用事がなくなってしまって来れなくなっていたらしい。俺が「別に用事がなくても来ていいんだぜ」と言うと嬉しそうに通ってきていた。

「～！　だって！　会いたかったものは会いたかったんだから仕方ないでしょう！」

恥ずかしいのか、さゆりがぷいと顔を背ける。そんな仕草すら可愛らしい。

「身長も今より小さかったよな～」

さらにからかうべく俺が言うと、さゆりは急に真顔になった。

「……中学生だもの、まだまだ伸びるわ」

さすがにからかい過ぎたかと、ごめんごめんと謝ると、さゆりは「終わったのならこっちを手伝って」とぐいぐいと袖（そで）をひっぱってきた。ああ、可愛らしい。

*

「そうそう、アナタ。明々後日（しあさって）のご飯、どうしようかしら」

掃除がひと段落し、晩ご飯も食べてゆっくりしているときにさゆりが訪ねてきた。

さゆりはたまにこうやってご飯のメニューを聞いてくるときはあるが、大抵その日か翌日の晩ご飯で、明々後日とは珍しい。

……これは明々後日に何かあるとしか考えられない。一体なんだろう。

…………あ。

「結婚記念日だから豪勢にしたいな。……さゆり自身とか？」

茶化(ちゃか)すようにさゆりに言うと、さゆりは照れているような顔で目をぎゅっと閉じた。

どうやら結婚記念日で正解だったらしい。確か有給はとってある。

夫婦の大事な記念日を忘れてはだめだろう、思い出して良かった。

「そ、そういうのを聞いてるんじゃなくてっ！　ご飯よご飯！」

ご飯か、さゆりが良かったんだが後残りの選択肢と言うと……さゆりのご飯かみゆきのご飯かな？

「ああ、ご飯はみゆきが作ったものならなんでもいいよ」

ははっと笑いながら言うと、さゆりが包丁で俺の体を縦に千切るように切り裂いた。

飛び散る血、リビングは血だらけだ。俺はもう体が半分こになってしまったから掃除の手伝いはできない。

目を瞑る瞬間、俺はみゆきよりさゆりの方が料理の腕は遥かに上だ、と今更そんなことを思った。

*

「ああ、ご飯はさゆりが作ったものならなんでもいいよ」

ははっと笑いながら言うと、さゆりが手のひらで顔を隠すように覆った。よほど恥ずかしかったらしい。

さゆりをこうやっていじるのも楽しい。こういうやりとりをすると、本当に結婚して良かったと思う。

いつまでも新婚バカップルとよく言われはするが、幸せならいいんじゃないだろうか。

「結婚記念日かぁ……楽しみね」

「おいおい、もう何回もしてるだろ？」

「それでも楽しみなものは楽しみなんだから仕方ないじゃない」

「それもそうだな」

俺とさゆりでくすりと笑う。結婚記念日は何度目だろう。俺が25歳だから……えーと、丁度5年目・・・・目だろうか。

「結婚5年目は確か……木婚式って言うらしいぞ」

俺が豆知識を披露すると、さゆりは「そうなの？」と首を傾げて言った。

一般的には25年、50年、60年が有名だが実際は1年目から名前があるらしい。ちなみに1年目は紙婚式と言うらしい。何かしょぼいが1年目だから仕方ないのだろうか。

「それって最後は何なのかしら、金婚式までは聞いたことあるんだけど」

「ダイヤモンド婚とかプラチナ婚……ワイン婚？　とか続いていくはずだぞ」

　正直プラチナ婚で70年の記念日だからそれ以上は祝える気がしない。何しろ人の寿命(じゅみょう)並みの結婚歴を重ねなければいけないからだ。

　俺としては是非とも70年と言わず100年以上さゆりと一緒にいてやりたいが、何分男の方が寿命が短い。何とかダイヤモンド婚までは持ちこたえたいとは思っているのだが……。

「ふふ、そう考えるとまだまだ先は長いのね。その分たくさん大志と一緒にいれるんだわ」

　さゆりが楽しそうに笑う。確かにそうだった。

　まだ俺達は結婚して5年なんだ。これから子供も生まれるし、その子供が成人しても20年ぐらい。もっともっとそれ以上を俺達は一緒に生きるんだ。

　そう考えると何か楽しい気分になった。

*

　ちゅんちゅん、という鳥の声が聞こえて目が覚める。鳥の声で目覚めるとはなんと優雅(ゆうが)なことかと思ったが、時計を見ると朝の9時をとっくにまわっていた。

「やばっ!!　会社!!」

「え？　今日お休みでしょ？」

慌てて起き上がった体を、また布団に倒す。そう、そうだった。今日は結婚記念日、有給をとって休みだった。

あれから2日なんてあっという間に過ぎ去って、今日はもう結婚記念日だ。時間が流れるのは早い。

しかし今日が平日なのはかわらないわけで、なんとなくそわそわしてしまうのは習慣というやつだろうか。いやはや恐ろしいものだ。

「もうっ、せっかくの休みだし、準備が整うまでもう少し寝ててもらおうと思ってたのに」

てとてとと寝室にさゆりが入ってくる。とっくに身支度を整えてエプロンまでしているその姿に、一体何時から起きていたんだろうかと思った。

「そんなに準備することってあったか？　精々料理ぐらいじゃないのか？」

俺が疑問を口にすると、さゆりはほんの少し顔をしかめた。

「その料理の準備よ。下ごしらえは昨日のうちに終えてはいるけど、煮たりオーブン温めたりしないといけないから今からやっているのよ」

さゆりは料理に関してあまり手抜きはしない。風邪をひいたときや、どうしても疲れてできないとき以外はきっちりと作る。もちろん時間がないときはないときで即席料理を作ってはくれるが。

「じゃあ、私続きやってくるから」

そう言って、寝室に入ってきたときと同じくてとてとと台所へとさゆりが向かっていく。

俺はと言えば、やることも特にないのでさゆりの後をこっそりついていった。

目的は当然さゆりがくるくる動く姿を見るためだ。

台所に着くと、さゆりは後ろに張り付いている俺を気づいているのか気づいていないのかは知らないが放置して料理の続きに入った。

俺は見放題になったその姿を堪能することにした。

するすると、包丁を使って器用に皮をむいていくさゆり。皮を切らずに薄くむくのにピーラーを使わないとは上手だな。

その手元を見ると、小さな胸がふるふると震えている。

さゆりの胸はあまりない。言うと怒るが多分貧乳に属するだろう。

けれど俺はそれはそれでいいと思う。胸がないことを気にしているさゆりも愛らしいし、それにどうせこれから大きくなるのだ。気にすることはないだろう。

むしろ胸がない今を十分堪能しておくべきである。ぷるんぷるんと自己主張をする巨乳もいいが、まるで「なくてごめんなさい」と言っているような控えめな胸も素晴らしい。

いずれは手から溢れんばかりの巨乳になると思うと、逆に惜しいとすら感じてくる。ちなみに俺は決してロリコンではない。

「……お？」

しばらくさゆりを見ているとあることに気づいた。

（……スカートが……めくれてやがる………っ）

そう、スカートが、ただでさえ短くて中が見えてしまいそうなスカートが少しめくれているのである。

もう今まさに中身が見えるか見えないかの瀬戸際、ちょっと下に屈むだけで見えてしまいそうなライン。ここは男として見るべきだろうか、いや紳士として注意するべきだろうか。

当然俺はその中身を知っている。俺とさゆりは夫婦なんだから知っていても不思議はないだろう。むしろ結婚5年目で知らない方がどうかしている。だから……知っている、知っている、のだが……っ！

パンチラと……パンモロは……違う…………だろう…………………っ!!

パンチラなんぞ頼んでもしてもらえる可能性皆無……っ。

だとしたら俺は……俺は……。

「さゆりっスカートが……！」

しかし俺は紳士！　さゆりには世界一優しい夫でいたいのだ！　だから……今回のチャンスはいさぎよく諦める！

それに、だ。パンチラしそうでしないというのもまたいいものだ。この辺は色々とあるが、見えそうで見えないものは見えない方がいいのだ、うん。

だが。

「え？　ちょっと待って」

さゆりが下に落ちたタマネギを拾うために屈む。

屈んだということはもちろん……めくれあがった部分があらわになるということだ。

(白！　純白の白……！)

……訂正しよう、やっぱり最後は見たい。

「スカートめくれてるからパンツ見えるぞ」

でも一応忠告は最後まで行う。見えっぱなしと途中から見えなくなるのとの二つであれば、後者の方が断然いいだろう。

「！！？？」

慌ててさゆりがお尻に手をやる。そしてめくれてる部分を探り当て、即座にバサバサとスカートを整えた。そして……。

「見る前に言ってよ！」

傍にあった鍋を投げてきた。

その鍋は中華鍋で、結構な重さがある。それをさゆりは片手で投げてきた、凄いもんだ。

しかもその鍋、かなりの勢いでこっちに向かってきている。まるでプロ野球選手並みだ。

ああ、本当にびっくりだ、思わず死を覚悟して時間がゆるやかになるぐらいびっくりだ。

眼前いっぱいに鍋の黒さが広がる。ゆっくりだと痛みはどうなるんだろうか。

なるべく痛くないほうがいいなぁ、と呑気に考える。

けれどたった一つ思うことは。

「あ……アナタ!!」

ガツン、と音がして急激に世界が暗転する。

恐らく顔にモロに当たったんだろう。

包丁を投げられなくて良かった。

包丁……投げられたら死ぬもんなぁ…………。


……………………………………………………………………………………………

……………………………………………………………………………………………

…………………………………………………………………………。


頭が、痛い。

「……ア……タ………」

というより、顔面が痛い。

「ア………ナ……って……」

ずきずきする。

「ア……タ……って……ば！」

何でこんなに痛いんだ？

「ア……タ……起………ってば!!」

ああ、そうだ、確か――。

「アナタ！　起きてってば！」

さゆりに、鍋をぶつけられたからだ。

「あー痛い」

「痛いじゃないわよ、もう、今何時だと思ってるの」

目が覚めると、さゆりがおしぼりを持って俺を見ていた。

どうやら顔を冷やしてくれていたらしい。

でもさゆりが怒っている。いや、さっきのスカートの件で怒っているのはわかるが、何やら違う理由でも怒っているようだ。

多分、時間。そういえば俺はどれだけ寝ていたんだ？

「今何時だ？」

「13時！　もうお昼よ！」

13時、か……。起きたのが9時頃で倒れたのが10時頃だとすると……。

俺はかれこれ3時間は気絶していたんだな。

「俺、そんなに気絶していたのかー……」

「一応ベッドに運んでおいたけど、料理ができても起きないから起こしにきたのよ」

さゆりがぽすぽすと俺を叩く。その行動に何の意味があるのかはわからないが、可愛いので放(ほう)っておこう。例え手に包丁を持ったままだとしても。

「ん？　料理できたのか？」

3時間も経ったのならば当然料理は出来ているだろう。朝ご飯は何のつもりだったかは不明だが、少なくとも昼ご飯は朝からさゆりが頑張って作っていただろう料理だろうから。

「ええ、それなのにアナタったらいくら待っても起きてこないから料理が冷めちゃうところだったわ」

その言葉に、少しだけむかっとしてさゆりを咎(とが)めるような口調で文句を言った。

「仕方ないだろ、気絶は自分で目が覚めれるもんじゃないんだから」

気絶させたのはさゆりだ、確かに驚いて気絶させたまではわかる。が、俺にはあまり悪い点がなかった。それなのに気絶させておいて起きなかったから怒るというのはおかしいと思う。

「それに、鍋をぶつけてきたのはさゆりだろ、不可抗力だ」

「……ごめんなさい」

そこまで言うと、さゆりは素直に謝ってきた。さすがに鍋までぶつけることではなかったと思っているのだろう。きちんと反省できるさゆりは良い子である。

「いいって、それより料理できたんだろ、食おうぜ」

ともあれ、俺はさゆりを責めたいわけじゃない。さゆりが怒るから、怒るのは筋違いだと言いたかっただけだ。

なので話を変えるべく料理の方へと話を誘導した。

なおも落ち込むさゆりの頭をぽんぽんと軽く叩いて宥(なだ)める。

そのままさゆりを連れて居間に向かうと、豪勢な料理が食卓の上に並べられていた。

鮮やかな色の野菜。軽くサラダにしているだけに見えるが、おそらく色々と手が込んでいるんだろう。傍には焼き立てなのか美味しそうなパンが置いてある。さゆりのことだからおかわりも自由だろう。ついでに置かれているようなスープは昨日からさゆりが出汁をとっていたのを見ている。ほかほかと湯気を立てていて、とても美味しそうだった。

しかしそこには明らかに何かが足りていなかった。

「……？　さゆり、メインディッシュは？」

そう、メインディッシュ。肉か魚かそれ以外かは不明だが、この食卓には主役とも言える料理がない。さゆりのことだから別の所に置いてあるとは思うが。

「あ、メインディッシュはねぇ……」

さゆりが台所に向かう。やはりメインディッシュは違うところに置いておいたらしい。

「じゃーん！　ステーキ！」

台所から持ってきた大きな皿を食卓に置くと、さゆりはその上のラ・クロッシュを持ち上げた。中からはじゅうじゅうと音まで聞こえてくる焼き立てのレアステーキが乗っていた。

きっとナイフで切ると美味しそうな肉汁が溢れるのだろう、そこまで想像してじゅるりと思わず涎が出そうになる。

しかし……凄い豪勢だな。よく見ると果物のデザートもあるし、一品料理も数種類ある。

ふと、その豪勢な料理を見て、俺は思わず給料日前の食事は大丈夫だろうか……と心配になった。

…………うん、大丈夫だ。多分大丈夫。

もうすぐ給料日だし、なによりさゆりは家計を任せても強いのだ。何も心配せず俺はこの美味そうなステーキに舌鼓を打っておけばいいんだ。

さゆりが食卓につくと、嬉しそうに笑った。

「私と結婚してくれてありがとう、大志」

それにつられて俺も笑う。

全く、結婚してもらったのは俺の方だっていうのに……。

「ああ、俺もだよ。さゆり」

そうして、少し遅めの昼食、もとい結婚記念日の食事ははじまったのだった。

七日が過ぎた。
無事に過ぎた。
あの人と結婚記念日を無事に迎えられた。
これで何度目の結婚記念日だろう。
十回？　百回？　それとも？
ずっとずっと続けよう。
飽きることなんてありえない。
さぁもう一度。
アナタと私は今度はどんな日を過ごすかしら？

閑話　最初の狂日

大志とさゆりが初めて出会ったのは、彼らが中学生の時であった。

それも、中学の入学式で、本当に偶然に二人は出会った。

桜が満開のグラウンド、さゆりにとっては全て(すべ)が新鮮に見えた。

小学校よりも大きな校舎やグラウンド。校舎は少しばかり古いが、それは決して古臭いわけではなく、何かしら威厳(いげん)も感じられる。

その校舎に、自分は今から通うことになるのだと思うと、さゆりは心が躍るのを感じた。

「今日から中学生かぁ……」

ぼそり、と呟く。さゆりは今日だけは自由だ。何も縛られることはない。

新品のセーラー服、綺麗に結んだリボンがほどけていないか心配して何度も見てしまう。

制服という慣れない存在に少し戸惑いながらも、さゆりはこの服を着ることにほんの少し大人びた感情を持っていた。

小学生からすると、中学生というのは大人だ。大人から見れば中学生なんて子供もいいところだが、それよりもさらに幼い小学生にとって中学生は身近な大人というイメージしかない。

制服や本格的な部活。行動範囲は広まり、一人で行動しても良い場所は小学生に比べて格段に増える。

何もかもがガラリと変わるその瞬間。それが中学生になるということなのだ。

想像もつかない世界にさゆりの心は震えた。例え少女漫画なんかで「中学生」の生活を見ていたとしてももっと「大人」の生活を見ていたとしても、実際に自分が送るのとは全然違うのだ。見ると聞くと体験するとでは天と地ほども差がある。

その証拠に今の時点でも少女漫画には描かれていなかった程の中学生として逸る気持ちがある。

こんなに心が嬉しいのだ、これからの中学生活は一体どれほどのことが待っているのだろう。さゆりはあれこれ色々と考えていた。

「好きな人、とか出来ちゃったり？」

小学生時代と一番違うことは中学では恋愛感情が起こりやすいということだろうか。

さゆりの同級生にも小学生で既に付き合っている子もいたが、デートは所詮モドキでしかなく、近所の公園に遊びに行く程度だった。

これが中学生になると行動範囲が広がることによって遊園地にも行ったりそれに、それに……。

「キス……とかもしちゃったりするんだよね？」

自分で言っておきながら、さゆりは一人顔をかぁっと赤くさせた。

それが一段大人になったということなのだと思っても、さゆりの頭には恋愛というものがとても良いものに見えていた。

ほんの少しだけ不安はあった。男女が恋愛に至ることに恐怖もあった。

それはさゆりの両親の恋愛がさゆりに与えた影響であったが、それでもさゆりは「中学生」という大人に付随(ふずい)するものである恋愛に憧(あこが)れていたのだ。

「あ、いけない！」

さゆりが一人妄想の世界に入ろうとしているとき、無情にもチャイムが鳴った。

それは本鈴の前の予鈴ではあったが、このままゆっくりしていたら遅刻することは間違いない。

入学式から遅刻という失態だけは避けたかった。

さゆりは慌てて講堂の方へと走る。講堂も小学生の頃と違ってだいぶ大きい。

上靴は忘れていなかったよね？　とちらりと手に持った手提(てさ)げ袋を見る。そこには真(ま)っ新(さら)の白い上靴が入っていた。

ふと、安心して走るさゆりの前を誰かがかけていった。

自分と同じ皺一つない新品の制服。講堂へと急ぐその姿は恐らくさゆりと同じく新入生なのだろう。綺麗なフォームで走るその男子の姿にさゆりはほんの少しだけときめいた。

……と、同時に見事なまでに地面に転んだ。

「いったー……」

ほんの少しのよそ見は思っていた以上に足をもつれさせたようだ。

その代償としてさゆりは地面の上に転がっていた。せっかく綺麗なままだった制服が汚れてさゆりはほんの少し泣きそうだった。

何もないところで転ぶなんて新年早々ついてないわ。一人さゆりが愚痴(ぐち)る。

むくりと体を起き上がらせるも、こけた衝撃か体のあちこちが痛い。おまけに膝(ひざ)はすりむいているようで血が出ていた。

やっぱり自分はこの程度なのだ、とさゆりは思った。どんなに綺麗に着飾っても、新品の服を着せられたとしても、自分は所詮汚い子だから……。

泣きそうになりながらもさゆりは立とうとする。けれど気持ちが悲しい方に傾いてしまって上手く立ち上がれない。

どうしよう、入学式に遅刻しちゃう。遅刻なんかしたら……。

「大丈夫？」

そんなことをぐるぐると考えていると、頭上から声がした。

あまりにも優しそうなその声に、さゆりはふっと顔をあげた。

「膝がすりむいちゃってるね、そこの水道でとりあえず洗い流そうか」

顔をあげた先にいた少年は、先ほどさゆりの前を走っていった少年だった。

逆光で少し眩しくて少年の顔がよくわからないが、どうやら心配してくれているらしく、さゆりに向けて手を差し伸べていた。

「あ、ありがとう……」

その手をとって起き上がらせてもらう。体の大きさは自分と変わらないのに、手は大きいんだなとさゆりは思った。

「歩ける？　水道はそこだから」

少年がさゆりの腕をとって自分の肩にまわす。男の子とそこまで密着したことがないさゆりはその行為(こうい)にドキドキしてしまった。

水道までたどり着くと、少年は手慣れた手つきでさゆりの膝を洗って絆創膏(ばんそうこう)を貼ってくれた。

その間少年はずっとにこにこしていた。さゆりには何でこの少年がそこまで優しくしてくれるのかわからなかった。

そして、同時に自分の心がどうしてこんなにドキドキするのかも。

顔が熱くなるのも、何か切ないような、苦しいような感情が渦巻くのも何故かわからなかった。

「あの」

さゆりが声をかけようとしたとき、本鈴のチャイムが鳴った。その音に少年が講堂の方へと顔を向ける。

「あちゃー。遅刻になっちゃったね。ごめん」

それは自分の台詞(せりふ)ではないだろうか、とさゆりは思った。同時にこの人はなんて優しい人なんだろう、とも。

「私の方こそ……私のことなんて放っておいてくれたら良かったのに……」

ぼそりと呟いた一言を少年は逃さずに聞いていたようで、ん？　と首を傾げた。

「なんでかな？」

にこり、と少年はさゆりの方をみて笑う。

その笑顔が、眩しくて。とても綺麗で。心がぎゅっとしめつけられるようで。愛(いと)しくて。

そして、さゆりはその感情をようやく恋だと悟った。

自分でも何て簡単に恋をするのだと思った。入学式でいきなり初恋なんて早すぎると思った。恋はそんなすぐにするものじゃないと思った。

けれど。

理屈じゃなかった。好きという気持ちは本でしか知らない知識だった。それが実際に体験してみたらそれは止めることができない感情だと知った。

名前も知らない少年のどこが好きなのか今聞かれても、具体的には答えられないだろう。

でもそれでも心の奥底からおこるこの気持ちは純粋なものだった。

甘酸っぱくて、思わず顔がほころんでしまうような恋……それがさゆりの初恋だった。

「どうしたの？」

「な、何でもないです……っ」

ぼーっと少年に見惚(みほ)れていたのを隠すように慌てて首を振る。

どうしよう、変な子って思われちゃったかな？　何て言えばいいんだろう……。ほんの数刻までは何一つ考えなかった感情が溢れ出す。この人にだけは嫌われたくないという感情がさゆりを苦しめる。しかし。

「くす……」

「え？」

そんなさゆりの一喜一憂の表情に少年が笑った。さゆりは笑われたのかと思ったが、どうやら違うらしい。

「君、可愛いね」

再度少年がくすりと笑う。さゆりは思わず耳を疑った。

今自分のことを可愛いと言わなかったか？　と。

誰にも褒められたことのない顔。醜いと言われたこの顔。それでも髪だけは美しいと母に言われ父に言われ伸ばしていた。それだけの、体なのに。

この少年は自分のことを可愛いと言ってくれた——。

それだけで、さゆりにとっては死んでも良いと思うことだった。

「うん、本当可愛いよ、君」

再度少年が言う。さゆりはその言葉が涙が出る程嬉しかった。

思わずかぁっと顔を赤らめるさゆりに、それすら愛しいと思ったのだろう、少年はさゆりの頭を優しく撫でた。


そう、少年もまた目の前の少女に恋をしたのだ。

*

少年と少女が仲良くなるのにそれほど時間はかからなかった。

もとより入学式に遅刻したコンビとして冷やかされていたのだ、何となく一緒にいるときも多く、自然と二人は恋人になった。

少年も少女が好きだったし、少女も少年のことが好きだった。それなのに何故二人が一緒になれないということがあるだろうか。

お互い初めてできた恋人同士で、その初々しさは見ている方が恥ずかしいような感じだった。

友人達はやっぱりくっついたかと二人を冷やかし、二人はその冷やかしにまんざらでもないという顔をする。

幸せいっぱいのカップル。それが二人だった。

毎日毎日一緒にいた。もちろんそれは互いの友人との関係を壊す程ではなかったが、それでも二人は仲睦（むつ）まじく寄り添っていた。

恋人同士とは何をするのだろう、それすらもわからぬ手さぐり同士だった。

手を繋（つな）いでみたり、一緒にお昼ご飯を食べてみたり。デートにも行ってみた。

そのどれもが新鮮で、さゆりには輝いているように見えた。

間違いなくさゆりの今までの人生の中で一番楽しい時間だった。

一緒に勉強して、一緒の高校に行こうと約束もしたりした。

ずっとずっと一緒にいようなんて、淡い約束もした。

周囲にいくつかカップルができて別れても、二人はずっと一緒だった。

周りは結婚までいっちまえと笑って言ってくれたりした。

それに当然だ！　と笑いながら言う少年……大志にさゆりは嬉しそうに笑った。

……しかし、その中で苦虫を噛み潰したような顔をした少女も、いた。

*

「何で彼氏なんか作ってるわけ？」

主人の最初の言葉はそれだった。それと同時にさゆりの体は壁へと突き飛ばされた。

遠慮も手加減もなしに壁にぶつかったさゆりは少し呻いて床にくずおれた。

それすらも主人の気に障ったのだろう、さゆりはそのまま髪の毛を持って頭をあげられ、何度も何度も平手打ちをされた。頬が内出血を起こし、赤く腫れあがってくる。最初に受けた暴行の衝撃も今さらながらじんわりと体に広がってきた。

痛い、痛い、痛い。それでも抵抗はできない。しようとも思わない。そう躾をされているから。

何十回と叩かれ、ようやく主人は満足したのか手を放す。ごとりと頭が床に落ちる。

頭がコンクリートの床に落ちたことよりも、顔中に広がる痛みの方が痛かった。

「質問に答えなさいよ、何で彼氏なんか作ってるの？　誰に許可を得て彼氏作ったか聞いてるのよ！」

言い終わると同時に、さゆりの体に激痛が走る。背中を思いっきり蹴られたのだ。手加減もほとんどなく。

もし主人が男であったのならば、さゆりはとっくに死んでいたかもしれない。それぐらい酷い暴行だった。

「みゆきには……関係ない」

さゆりは、みゆきと呼ばれた少女をキッと睨む。彼女にはそれしか抵抗の手段はなかった。

唇が切れて、口から一筋の血が垂れる。それをぬぐうこともせずにさゆりは答えた。

どうせぬぐっても後から後から垂れてくるし、それにこの後もコレが続くのであればそのうちぬぐえないほどの量になるだろうから。

「はぁ？　何言ってるの？」

さゆりの主人であるみゆきは心底うざったそうにさゆりを見た。その目はさゆりを物としか見ていない、冷たい目だった。

「アンタは私の下僕！　そうでしょ!?」

みゆきが叫ぶ。ヒステリーのようにわめくその姿を見て、さゆりは暴力のない今に落ち着いていた。そのうち暴力が再開されるだろうから。

「………………」

さゆりは自身をみゆきの下僕だと思ってはいなかった。自分は自分だと。一人の人間であると信じていた。昔は下僕だと思っていたけれど、大志によってその意識は変えられた。

自分は下にならなければいけない、そんなことはないんだと大志に言われた。

初めは生い立ちの後ろめたさからそんなことはないと思っていたが、その優しさに触れ、自分を対等な相手として扱ってくれる大志のことを信じるようになってきた。

黙っているさゆりに苛立ちを感じたのか、みゆきがさゆりのお腹を勢いよく蹴る。

「黙っていないで何とか言いなさいよ！　……不倫の子の……っ不倫の子の癖に……っ」

げぼ、と胃液を吐き出す。ごほごほとむせながら、さゆりは自分の境遇のことを思い出していた。

さゆりの両親は普通ではなかった。

さゆりの母親はみゆきの父親と不倫をしていた。

結果生まれた子がさゆりという訳である。

つまりさゆりとみゆきは異母姉妹であった。同じ年ではあるが、さゆりの方が若干年上ではある。

さゆりがどうして今、みゆきの下僕に成り果てているのか。

……簡単である。

さゆりには擁護する実の母親がいないのだ。

だからさゆりは父親に引き取られた。しかし妾の子供が本妻の元に引き取られたらどういう運命を辿るかなんてわかりきったことだろう。

本妻の子であるみゆきと妾の子であるさゆりの扱いの違いははっきりとしていた。

みゆきは可愛がられ、さゆりは疎まれた。

不義の子ということで表にでない子供。みゆきの遊び相手に孤児をもらってきたという設定ではあるが、誰しもがその存在の理由をわかっていた。

みゆきとさゆりの家は名の知れた政治家の家である。裕福な家庭はさゆりをみゆきと同じようにお金をかけて育てることについては問題はない。

周りにはわざわざ恵まれない孤児を引き取って育てている、みゆきの友人、姉妹がわりの子を選んだとして、何て仁徳ある人間だと言われている。……実際は裏の事情など皆わかっているが。

それでもさゆりはそういう風に引き取られた。突然の母の死。それから急にできた姉妹。幼い心が理解する前にさゆりの周りは次々と変えられていった。

昔とは考えられない上等な服を着て、上等なご飯を食べる。住むところも学校も良い所だ。

それでも、それでもさゆりの扱いだけは酷かった。

さゆりがその全てを捨ててもかまわないかわりに実の母とのただ一度の逢瀬を望むくらいに。

最初は優しかったみゆきも、いつの頃からかさゆりに対してきつく当たるようになってきた。睨むように自分を見る義理の母親、自分の一部以外は無関心な父親。優しかった姉妹にすら疎まれるようになったさゆりは居場所がなかった。

その生は、みゆきの下僕になることで許されたようなものだった。

同じ中学校に通うことになったのもその所為である。

いついかなるときでもさゆりはみゆきに付き従う。そのためにさゆりはみゆきと同じ中学校に入れられた。もちろん表向きは姉妹揃って同じ学校に入れたとするためである。

引き取られた子の通う中学校のランクが低いと差別していると思われてしまうから。

「……私は、みゆきの…………下僕」

「そう！　そうよ！　アンタは私の下僕!!」

さゆりがそれを認めるとみゆきは楽しそうに笑った。

「だったら！　その下僕のアンタがどうして彼氏なんか作ってるのかって言ってるのよ！」

殴られる。蹴られる。痛い。どうしようもない。

さゆりには何かをする手段はない。ただ耐えるだけしかない。

事情を知っている教師は見て見ぬふりだし、クラスメイトはみゆきが怖くて何も言えない。

大志は……知らない。

さゆりは大志に知られるのが怖かった。笑って明るく振る舞う自分以外にこんな自分がいるということを知られたくはなかった。

こんな理不尽に屈する姿など大志には見せたくなかった。

だから必死に隠した、みゆきにされていること。自分の境遇。

仲が良くないにしても、ここまでのことをされているなんて大志に気づかせたくはなかった。

「私が彼氏を作っても……別にいいじゃない。みゆきにはたくさん彼氏がいるんだから」

事実そうだった。みゆきはモテる。そのバックにあるもの以外のものもみゆきは優れていた。

整った容姿、スタイルの良い体。およそモテるだろうとしか思えない人間だった。

性格も普段は少し女王様のような振る舞いをするだけで、そのキツイところがいいと男子は言う。

さゆりには理解できないが。

だから彼氏もたくさんいた。彼氏未満もたくさんいた。皆みゆきに振られたくないから、多数のデートでも文句は言わなかった。

本命がいるかどうかなんてさゆりは知らない。もしかしたらみゆきにとって大事な人なんて存在しないのかもしれない。人を人として思っていないのだから。

「……っ」

ぱきり、と嫌な音がする。さゆりはまたみゆきに蹴られた。もう痛みにはとっくに慣れていた。けれど生理的な涙が止められない。さゆりは必死に涙を止めようとするが、一筋だけ涙が流れてしまう。

主人は下僕が泣くことが好きだった。だから泣かないと決めていたのに。

慣れた痛みを超す痛みがさゆりを襲う。今度は何だろう、とさゆりは思った。既に頭はぼーっとしていた。

蹴られた？　殴られた？　それとも何かをぶつけられた？

痛みに耐えられなくて涙がぽろりぽろりと溢れ出てくる。泣きたくないのに泣いてしまう自分が嫌だった。

「下僕に彼氏なんてムカつくのよ！」

さゆりはこの不当な暴力に耐えた。ここでは耐える以外のことをしてはいけない。

もしみゆきに抵抗してみゆきに怪我(けが)でもさせたらどうなることか。その結果はさゆりは知らないし、知りたくもない。だから嵐(あらし)が過ぎ去るのをじっと待つかのように丸まって耐えるだけしかできなかった。

「大体何で主人に向かってタメで喋ってるのよ！　様ぐらいつけたらどう？　あったま悪いわねぇ！」

さゆりはその言葉を聞いて「理不尽だな」と思った。

それと同時に「また癇癪がはじまったのか」とも。

主人は苛立つと関係ないことにも怒りだす。それがどれだけ連鎖するかはわからない。その時の主人の気分次第だからだ。

だが大抵のことはさゆりにとって理不尽なことである。今回のことだってそう。

敬語で話すなと言ったのは彼女なのだ。様をつけるなと言ったのは彼女なのだ。

いつだったか、さゆりがみゆきに対して様をつけ敬語で話しているのを見た近所の人が噂をした。

それを聞いた父親が外聞が悪いとみゆきにやめさせたのだ。

だから、敬語で話さないのも様をつけないのも自分のせいじゃない。

それでもそれを言ってどうにかできるものではなかった。

みゆきは幾らでも理由をつけて癇癪を起こす。だから新たな癇癪を連鎖させないためにも黙っておくのが賢明だった。

「このっ！　このっ！」

暴力に耐える。耐えても耐えても終わりが見えない。

それでも耐えるしかない。痛みで体がボロボロになっても、もう体は慣れてしまったようですぐに治る。

さゆりはふと、自身のいる体育館倉庫の窓から見える景色に目がいった。

外は明るい青空が広がっている。とても綺麗な、澄み渡るような。

まるで、入学式のときのような澄み切った空。

思わず入学式のときのことを思い出す。あの日は久しぶりに一日中みゆきから解放された日だった。

彼女は両親と入学式に行って、さゆりは一人で行くことになったのだ。誰もついてきてくれないことに悲しさはあったが、それでもみゆきから解放されたあの日は幸福だった。

思えば、久しぶりに恵まれすぎたのかもしれない、さゆりはそう思った。

さゆりがこの環境……みゆきの下僕になっているのは自分が望んだせい、そうさゆりは思っていた。

自分の望みは嫌な風に叶えられてしまう。幸福だと思ったら、その分の不幸がくる。

だから……だから幸せなんて望まなかったはずなのに。

「大志……」

思わずその名前を呟いてしまう。心は既に折れている。

けれどちぎれてしまわないのは大志が心にいるからだった。

「煩い！」

ぼろ雑巾のように頭をみゆきに踏みつけられる。

痛みで意識を一瞬失いかけるが、いっそのこと失ってくれればいいのにと願った。

でも願うのはいけない。望んではいけない。

……昔、たった一つだけ望んだことがある。

実の母親と一緒に暮らしていたころ、それほど裕福ではなかったけれど幸せだったあの頃。

母親に願ったことがある。望んだことがある。

「おとうさんと一緒に住みたい」

それは子供の無垢（むく）な願いであった。

小学生の子供に不倫だの愛人だのはわからないだろう。だからこそ、言ってしまった。

週に数回しか帰ってこない父親。母親に父親は遠い所に住んでいると言われていた。

だからずっと父親と一緒にいたかった。家族三人で一緒に住みたかった。

だから母親にそう、おねだりした。菓子が欲しいとねだるぐらいの感覚で。

しかしソレを聞いて母親は泣いた。

泣いて泣いて泣いて。

さゆりが必死にごめんなさいと言っても母は泣いて。

そして翌日。

――――――――――自殺した。

今でも覚えている。いつもなら母が優しく起こしてくれるのに、その日は起こしてくれなくて。

自力で起きて居間の方に行った。

家の中が静かだな、と思った。朝ご飯を作る音もしないし、テレビの音もしない。不思議な程に静かだった。

「おかあさん？」

最初に見えたのは足だった。宙に浮いているお母さん。何で宙に浮いているかはわからなかった。

足からは何かがいっぱい滴っていた。母親がおもらしをしてしまったのかと思った。

母が声をかけてもこっちを向いてくれないのは、きっとおもらししたのが恥ずかしいからだと思った。

何の返答もしてくれないのは怒られるのが怖いからだと思った。だって怒られるのは怖いから。

だからおかあさんの後始末をさゆりはしてあげた。

汚いし、ばっちぃと思っても、おかあさんの為(ため)を思ってさゆりは必死に拭(ふ)いた。

そして綺麗になっておかあさんにもう大丈夫だよ、と言った。

……それでも母親は何も言ってくれなかった。さゆりの方を向いてもくれなかった。

それから数日後、さゆりは近所の人によって保護された。

さゆりが母親がご飯を食べてくれないと近所の人間に言ったからだ。

そこで母親が首をつって死んでいるのを発見され、さゆりは父親へと引き取られた。

そう、さゆりはあの時願った「父親と一緒に住みたい」という願いを叶えてしまった。

叶えさせて、しまった。

それから彼女は何も望まなくなった。

望んだら、それは不幸な形で叶えられてしまうから。

不幸になるのであれば何もいらなかった。何一ついらなかった。

……たった一つを除いて。

さゆりは不幸になることも知っていて願ってしまった。

たった一つだけ願ってしまった。どうしても願ってしまった。

「大志と一緒にいたい」

たった、それだけの願い事だった。

相思相愛の人とただ寄り添っていたい。さゆりの願いはそれだけだった。それさえ叶えられれば他は何もいらなかった。ただ大志を失うのだけが怖かった。

「ムカつく……っ」

ふと、さゆりを蹴る足がなくなった。もう何度蹴られたかはわからないが、不規則に蹴られていたそれがなくなって、さゆりは顔をあげる。

「何して……」

みゆきがさゆりの鞄をあさっていた。それ自体は何の問題もなかった。下僕の鞄をあさるのに許可をとる主人なんていないだろうから。

「ほらっ！　電話しなさいよ！　その大志とやらに！」

何かが投げつけられる。

長方形の硬い何かは腕にあたって鈍痛をもたらした。

何だろうとさゆりがカタタと床に転がったそれを見ると、それは見慣れたものだった。

「けい……たい…………？」

「電話しなさい」

「何、を……？」

意味がわからなくて問いかける。

彼女のご主人様の行動は気まぐれすぎていて未だによくわからない。

「電話して、別れるって言うのよ」

「え……？」

頭に雷が落ちたような衝撃を受ける。

一瞬何を言われたのかわからなかった。

戯れに何をさせられるのかと身構えてはいたが、それは予想外すぎた。

「何してるのよ、早くしなさい」

主人が、下僕に命令をする。

本当はそれに従わなければならない。だって自分は下僕なのだから。けれど。

「や……」

「は？」

「いや…………っ!!」

それだけは、できなかった。

それは、彼女にとって逆らわないと決めてから初めての逆らいに近かった。

力を込めてさゆりは叫ぶ。嫌だと。それだけは絶対に嫌だと。

その言葉は彼女の主人を苛立たせる。それでもさゆりは逆らった。

「はぁ？　何で？」

苛々(いらいら)するのか、さゆりを適当にこづきながらみゆきが言う。

みゆきにとっては理解できなかった。何故このタイミングで下僕が自分に逆らうのか。

今までずっと言うことを聞いていたはずの下僕が。

それがさゆりにとって耐えがたいこととは知っていたが、逆らうなんて思いもしなかった。

「別に死ねって言ってないじゃん？　ああ、大志がいきなりフラれたら可哀想(かわいそう)とか？　それなら私がもらってあげるわ」

すぐに捨てるけどね、とみゆきが楽しそうに顔を歪(ゆが)める。

それが、耐えられなかった。

「大志は……モノじゃない!!」

みゆきの言葉に、さゆりが叫ぶ。泣きながら。泣かないと決めていたのに。

けれど耐えられなかった。自分のことならまだしも、大志にまで手を出されるのが耐えられなかった。

大志には何の落ち度もない。強いて言えば自分と付き合った。ただそれだけ。

なのにみゆきの毒牙(どくが)にかけるわけにはいかなかった。

優しい大志、さゆりが別れようと言えば理由は聞いてくるだろうが、適当な理由をつけてしまえば悲しそうに笑いながらも「さゆりがそう決めたのなら仕方ない」と言ってくれるだろう。

だからこそそんなことなんてできない。大志にそんな顔はさせられない。幸せなのに、今がこんなにも幸せなのに自分から手放すような真似(まね)だけはしたくなかった。

「うるさいなぁ……下僕が何を言ってるの？」

みゆきがさゆりを蹴りあげる。今度も容赦(ようしゃ)がない一撃だ。

体は既に防御体制をとっていない。体中痛くて動かないからだ。

これ以上暴力を受けては体が危ない。そんな状態であってもみゆきは暴力……いや虐待(ぎゃくたい)をやめなかった。

そしてさゆりも、そんな暴力を受けても、虐待を受けても、痛くて体が破裂しそうで死にそうであっても……大志に別れを告げようとはしなかった。

「はぁ、ほんっとお前はダメな下僕ね。役に立たないったらありゃしない」

殴って、蹴って、殴って、蹴って、殴って、蹴って。

飽きることなく繰り返される暴力。

その何度目かでさゆりはとうとう意識を失った。

体の方が限界だった。精神はとっくの昔に壊れていたけれども。

「アンタがそのつもりならいいわ、私が奪ってあげるから」

さゆりの意識が途絶える瞬間、みゆきが嬉しそうに言う。

その聞こえた言葉に、さゆりはかつてない程の憎しみをみゆきに抱いた。

*

「ん……」

薄暗い倉庫の中で目を覚ます。

倉庫に唯一ついている窓から見える外はとっくに暗い。

今何時だろうかとさゆりは体を起こす。

「いった……」

起こした体が軋む。まるで悲鳴をあげているようだ。

体はボロボロで痛くないところなんてない。こんなに暴力を受けたのは久しぶりだなとさゆりは感じた。

普段は滅多にみゆきに逆らわないのだ、それだけに今回の逆らいに苛立ったということだろう。

かろうじて目立つ顔は避けられてはいるが、それでも頬がまだ腫れているぐらいには痛い。

腕や足もきっと痣だらけだ。家に帰ったら手当してなんとか早く元に戻るようにしなければならない。

周囲にこの状況を見せても変わらないどころか、コレが知られるともっと酷い目に合うからだ。

父も母も味方ではない。けれどただ外聞が悪くならないようにすることだけを注意していれば父は怖くない。母も私がいないように振る舞うし、最近は暴力もあまりふるわない。だから大人しくしておけばまたいつもの日常に戻れた。

それに何より大志に気づかれたくなかった。

怪我だらけ、痣だらけの体を見られれば当然どうしたと聞かれるだろう。

その時に上手く答えられなければ知られてしまう。このことを。

痛くて苦しくて悲しくても、大志が笑ってくれるのならそれで幸せだった。

大志と一緒にいられるからまだ耐えられると言っても良かった。

だからこの平和を壊すような痣は見せたくなかったのだ。

「……っ」

痛む体をひきずるようにして倉庫を出る。

一応家は良家の類なため、さゆりが門限を破ればそれは折檻（せっかん）に繋がる。

さゆりはそれも恐れていた。

みゆきの折檻とも違う折檻はさゆりを縛り上げるもの。

今は大目に見られている大志との付き合いも、門限を破るなら引き裂かれてしまう可能性がある。

そうなった場合、世間は「遊びほうける娘のためのことを思ってのことだ」と判断する。それだけは避けたかった。

みゆきの別れろは幾らでも拒絶できる。大志とさゆりの問題だからだ。

けれど家の別れろは父親が持つ権力を権力を父親自らが使うことになる。最悪さゆりがどこか遠い所に転校させられるかもしれなかった。

だから体が壊れていようが休みたくてもさゆりは家に帰ろうとした。

幸い家まではそんなに遠くはない。今はゆっくり家に帰って眠りたかった。

「大志、帰っちゃっただろうな……」

大志はさゆりが遅くなるといつも校門で待っててくれる。

けれどこんなに遅くなってしまったのだ、きっと帰ってしまっただろう。

だがそれはさゆりにとっては好都合だった。

どう見ても満身創痍（まんしんそうい）なこの体を見られたくはなかったからだ。

ゆっくりと校門まで歩く、幸い門限まではまだ余裕がある。休み休み帰っても充分間に合うだろう。

そして。

ソレを。

「あ」

「あ……ああああああ」

見つけてしまった。

距離にして20mぐらい、暗い校門を電灯が明るく照らす。

その下に。

大志と、みゆきが、いた。

帰ったはずの大志がまだいるのはさゆりを待っていてくれたから？

それとも。

それ以上さゆりは考えたくはなかった。

「ああああああああ」

さゆりの体を得体のしれないモノが包んでいく。

わけがわからない感触。

熱い、寒い、悲しい、苦しい……憎い。

何か良くないモノに体が侵略される。

心が熱い。

どす黒い感情、それがさゆりの内側を覆っていく。

みゆきに暴力をふるわれているときも、父親と母親から虐待を受けていても染まらなかった心が黒く染まっていく。

「みゆき…………」

呟いた言葉は幼い少女の口から出たとは思えないほど低く、恐ろしい声だった。

何もかもを消してしまうような、そんな声だった。

少女はそのままじっと二人が見えなくなるまでその場に居続けた。


その目が、紅(あか)く染まっていることにも気づかず。

奥様は惨殺少女

第二章「何度も何度もやり直す」

ナンド

モ

ナンド

モ

ヤリナオス

俺の名前は大志。今日も元気に愛する妻の元へ帰る。

今日はなんだか良いことがありそうな気がする。

毎日の仕事は大変だが、家で妻が俺を待っていると思うとやる気も出るさ。

そういえばみゆきはどうしているだろう。しばらく会っていない気がするな。

みゆきはさゆりの妹で、異母姉妹らしい。まぁ俺にとってあまり関係がないことだ。何で急にみゆきのことを思い出したかもよくわからないが、もしかしたら久しぶりに便りでもあるかもしれない。

……？。

俺はみゆきと仲が良かっただろうか。よく思い出せない。しかし頭にみゆきのフレーズが何度も思い浮かぶということはそれなりに仲が良かったということなんじゃないだろうか。

さゆりはみゆきと仲が良かっただろうか。良くなかった気もする。

何だか思い出せないことが多い。俺も年だろうか。

そんなことを考えながら玄関のチャイムを押した。

「ピンポーン」

何だか味気のない音がした後、扉が開く。さゆりが開けてくれたのだ。

さゆりはにこやかに俺を迎えると、いつもの通り俺にご飯かお風呂かを聞いてくる。

それに対して俺もいつもの通りに答えた。

「ああ、みゆきにするよ」

そして刺される。痛い。とてつもなく痛い。

我慢ができなくてごぷりと血を吐いてしまう。

俺は何で今さゆりに刺されたのだろうか、ああ、そうだ。みゆきのことを持ちだしたからだ。

だから刺された。当たり前のことだな。

痛みが熱さにかわり、俺の中を浸食してくる。さゆりの方を見ると、さゆりは悲しそうな顔をしていた。いつもそうだ。俺はさゆりに悲しい顔をさせてしまう。俺はそうさせたくないと思っているのに。

「さゆ……り」

ぐらり、と体が倒れる。力が抜けて立っていられない。そのままどさりと床に倒れるのかと思いきや、さゆりに体を支えられて最後に頭を打つのだけは避けられた。

相変わらず、優しいんだな。

そううすぼんやりとした頭で考えた後、俺の意識は途絶えた。

解体する、食べる、解体する、食べる、解体する、食べる
さぁもう一度

＊

「アナタ、今日はお休みなんだからゆっくりしたら？」

持ち帰った仕事の資料を片づけていると、さゆりから声をかけられた。

今日は休日。土曜日だ。本来は出かける予定だったのだが、さゆりの体調が芳しくないことと、俺の仕事が残っていたのでまた今度ということになった。

「んー……あと少しでひと段落するから、それが終わったらゆっくりするよ。それより体調はどうなんだ？　昨日は何か胃がもたれるとか言ってたが」

そうさゆりに問うと、さゆりは自身の胃の辺りを手でくるくると撫でまわした。

そして頭を小さく傾げて、よくわからない表情をした。

「昨日は気持ち悪かったんだけど、何だか今日は普通なのよね。何でかしら」

「体調が戻っているならいいだろ。昨日こってりしたもの食べ過ぎたんじゃないか？」

昨日の晩ご飯はトンカツだった。さゆりはトンカツを揚げるときはラードをわざわざ使って揚げるらしく、大変美味しい。衣は中の豚肉の肉汁を閉じ込めているのにサクッとしていて歯ごたえもいい。

だがその分だいぶこってり、という印象がある。俺は男だからガッツリ食べたい時はこういうものは大歓迎だが、さゆりみたいに細い小さい女性にはきついんじゃないだろうか。

「そうかしら、トンカツと一緒にちゃんとキャベツも食べたのにね。油抜きが上手くいってなかったかしら……不覚だわ」

さゆりがぶつぶつと昨日の反省点を呟きだす。

さゆりは料理で体調を崩したりするとこうやって反省する癖がある。俺としては問題ない範囲じゃないかと思うのだが、さゆりにとってはこうやって付け合せや調理の具合も完璧にこなさなければ自分が許せないらしい。かと言ってそのことで俺に対して何かを強制してきたりするわけじゃないのだが。

そこがまた可愛かったりするのだが、それを口に出すとさゆりが恥ずかしさからふくれてしまうので言わない。ふくれる姿も可愛いのだが。

「体調が戻ったのなら昼からでもどこかに出かけるか？」

俺の仕事はもうあとは見直して終わりだ。本当なら今日どこかに出かける予定だったのだから、遠いところは無理でも近場なら大丈夫だと思ってそう言ってみた。

「お仕事は大丈夫なの？　大丈夫なら……そうね、近所のショッピングモールに行きたいわ。ああいうところを見てまわるのも楽しいじゃない」

さゆりが提案してきた近所のショッピングモールとは、大きな施設の中に様々な店が入っている場所のことだ。

少し郊外にあることと、さゆりは普段は歩いて数分の商店街で買い物をしているのであまり行かない。

なおかつ俺と出かけるときは遠くなので買い物目当てにはあまり行かないのだ。

「ああ、もう終わるさ。そこで良いなら行こうか。何か欲しい物でもあるのか？」

さゆりと会話をしながらも書類に目を通す。さっきも見たから後はもう本当に軽く見るだけでいい。これで俺の今日の仕事は終わりだ。

「ううん、特にないんだけど……。あ、そうだ。大志がお洋服を選んでくれると嬉しいんだけど」

そう照れながら言うさゆりは可愛い。

そういえば今季に入ってからさゆりは一着も服を買っていない。節約だのなんだの言って中々買いたがらないのが原因だが、やはりさゆりも女の子。服が欲しいのだろう。

「俺の選んだのだとセンス悪いかもしれないぞ？」

「いいのよ、アナタが気に入った服を着るのがいいんだから」

にこにことほっぺたに手を当ててさゆりが笑う。よほど上機嫌らしい。

服のセンスなら俺よりさゆりの方がいいだろうに、何で俺が選ぶのが良いのかわからないが、さゆりが喜ぶならそれでいいだろう。

「そうだ、それならみゆきも連れていくか。お揃いの服を買ったらどうだ？」

お前ら姉妹なんだから。そう言いかけた言葉が途中で止まる。

「ぐ……」

途中で言葉が出なくなったのは、喉からたくさんの液体が溢れだしたからだった。

何でこんなに口からぼたぼたの赤い液体が流れるのだろうと、流れる液体を辿っていくとよく見れば下腹部から何かが突き出ていた。

何だろうと良く見ると、それは灰色のもので、随分かたそうなものだった。

これが原因かと触ると、冷たかった。

「ふふ……死んでも嫌」

俺の体から出ているソレを引き抜こうとすると、さゆりが何かを呟いた。

俺にはそれがよく聞こえなくて、さゆりの方を見ようとさゆりがいる方向……俺の後ろを振り向こうとした。

「だめだよ、みゆきは、だめ」

けれど首は振り向けず、そのかわりにさゆりが俺の下腹部に刺さっていた物を抜いた。

どぷり、と嫌な音がしてたくさんの液体が俺の体から出ていくのを感じながら俺の意識は途絶えた。

解体する、食べる、解体する、食べる、解体する、食べる
さぁもう一度

「結構混んでるんだな」

俺がそう言うと、さゆりは休日だもの、と答えた。

確かに今日は休日で、現に俺とさゆりも休みの日だから来ているわけなのだが、ここまで混むも

のなのだろうか。

フードコートが併設されていたり子供向けのゲームセンターがあったりするところを見ると、どうやら家族向けの施設でもあるらしい。

売っている服やアクセサリーは大人や高校生以上向けに見えるのだが、その辺りよくわからない。

「この辺が女性物の服屋が並んでいるところみたいね」

よくわからないのでさゆりに連れてきてもらったが、シンプルでありながら可愛らしい服がたくさん置いてあるショップが並んでいた。

さゆりに似合いそうなのはどれだろうかといくつかちらりと見てみるが、どれもこれもさゆりに合いそうで困る。

さゆりは可愛いからどれも似合うのだ。

しかし……この辺のショップは大人の女性向けのような気がする。さゆりはまだ中学生なのだからもっと可愛らしい服装の方が似合うと思うのだが。

フリルがついていたりふわふわだったり。そんな服を着て俺の前をくるりくるりとまわるさゆりを想像して思わず顔がほころぶ。

「……？」

それをさゆりが不審げに見ているのを見て慌てて妄想を消し去る。

妄想じゃない、今日はその妄想の服を買いにきたんだった。

「さゆり、ここは大人向けだぞ？　もっと可愛い服があるところの方がいいんじゃないか？」

「……この辺の方が好きなのよ」

是非フリルがついているロリちっくな服をさゆりに、と思ってさゆりに提案するも一蹴されてしまう。そうだ、さゆりはあまりロリロリな服は苦手だった。

小さい頃から可愛らしい服を着せてはもらったらしいが、何か色々とトラウマがあるらしく大人になった今ではスカートを滅多に履いてくれない。

もちろん俺が頼めば履いてくれるのだが、着心地が悪そうだ。

多分その延長でシンプルな服を好んでいるんだろう。実際気に入っている服が掃除しやすいタートルネックのニットセーターにスキニーパンツというお洒落を捨てたような恰好だし。

でもさゆりは何を着ても可愛いのだからいいんだ、と自分を慰めつつ、それでも少しでも可愛らしい服をと一着一着見ていく。

さゆりは清楚系だから白が似合うだろうかとか、スカートがだめならせめてレギンス辺りで妥協してくれないだろうかと色々試行錯誤していく。

さゆりは俺の後をとととと、とついてきながらたまに店内の服を物色している。

さゆりはさゆりで服に興味があるようだ。気に入ったのを買えばいいのにと言ったが、さゆりは俺に選んでもらう！　とひかなかった。変なところ強情だ。

「お、これなんてどうだ？」

ワンピース？　と言っていいのだろうか。最近の服は種類が多すぎて覚えられないため、もしかしたらこれにも何か名前がついている可能性があるが、よくわからないためワンピースと言っておく。

俺が手にとった服は茶色いワンピースで、肩ひもがあるタイプだ。そのままだと露出が激しすぎるので、恐らく下にシャツか何かを着るのだろう。

ワンピースとしては丈が短い気もするが、これは下にレギンスやタイツを履いたりスカートを履いたりするのだろう。そういう着こなし方をしている女性を度々見かける。

このワンピースの特徴はシンプルだが可愛すぎない程度にフリルがついているところだろう。ほんの少しふわっとした感じで、柔らかそうなイメージがある。良く見ればサイドに編み込みがあったりしてお洒落だ。これならばあまり可愛い服を着るのが苦手なさゆりでも着ることができるだろう。

「むぅ、似合うかしら」

「似合うさ」

さゆりをワンピースごと試着室に押し込める。恥ずかしさからかこういう場合は中々試着しようとしないので、とっとと押し込んだ方が早いのだ。

しゅるしゅると衣服がこすれる音が聞こえる。恐らく今はセーラー服を脱いでいるのだろう。さゆりのセーラー服は上下分割式で、頭から脱げるタイプだ。スカートもホックで止めるタイプだったから着替えにはそう困らないだろう。まぁ着替えがしにくい制服というのが存在するかは不明だが。

さゆりの体は華奢だが、成長するときっとナイスバディな体になるに違いない。

たくさん食べさせればそれだけ成長すると見た。主に胸。

さゆりは元々あまり食事をとらない。俺が一緒にとらなければご飯を食べないと言ったらようやく一般的な量をとるようになったぐらいだ。料理は好きなようだが、自分で食べるつもりで作るわけではないようで、誰かと一緒でないとご飯を食べようとしないのが困りものだ。

だからこそ、俺と一緒にいることでよく食べるようになった（それでも一般的な量だが）さゆりは急成長を遂げていると言ってもいい。主に胸が。

今はまだ手のひらに収まってしまうサイズ……確かAかB程しかないが、今後どんどん成長して確か……Eぐらいにはなったと思う。しかもまだまだ成長中だ。

恐らくF……いやGも夢ではないのだろう。

さゆりの体の可能性は素晴らしい。肉づきはいいが、決して太っているわけでもなく抱き心地が良い範囲だ。胸も手から溢れんばかりの、いや溢れてしまうサイズで。それなのに腰はきゅっとひきしまり、お尻は丸みのあるラインがむしゃぶりつきたくなるぐらいの形の良さ。それが大人になったさゆりの姿だ。うん、実に素晴らしい。

現在の抱きしめたら折れてしまいそうなさゆりも中々いいのだが、成長後も素晴らしいということだ。

「大志、どうかしら……？」

そんな妄想に浸っていると、さゆりが着替え終えたらしく、カーテンをひく。

しゃっ、と音がして開かれたカーテンの中には……それはそれはもう可愛らしい嫁がいた。

恐らく下に着ていたインナーをそのまま着ているのだろう、茶色のワンピースの下には黒色のシャツが見える。ワンピースは肩ひもがあって、胸の部分から布がはじまるタイプなので胸が強調されているが、さゆりの胸は今は小ぶりなため強調しすぎず、あくまで控えめな印象を与える。スカート部分の下はニーハイソックスを脱いでいないため生足はおがめないが、これはこれで素晴らしい。さゆりがふわりと動く度に絶対領域がちらりと見えるチラリズムオプションも完備だ。

「ねぇ、私に似合うかしら？」

そう問われて、思わず俺の頭の中にいくつかの選択肢が浮かんだ。それを選んでいるうちに。

「ああ、みゆきと同じぐらい似合うんじゃないか？」

ぼそり、と声が聞こえる。

よくわからなかったが、俺が言った言葉らしい。

何で俺はそんなことを言うのだろう、ここでみゆきのことを持ちだすのだろう。

そんな疑問も、さゆりが目の前で振りかぶった包丁(ほうちょう)を見て霧散(むさん)した。

「みゆきの……何を知っていると言うの……っ？」

悲しそうな顔をして包丁を振り下ろすさゆり。

ああ、そうだな。俺はみゆきのことを何も知らない。

俺にもわからないんだ。何でみゆきのことを持ちだしたのか。

お前を愛してるのにな、さゆり。

ぐしゃり、と音がして頭が割れる音がした。

前にも聞いたことがある気がするなぁと思いつつ、俺の意識は途絶えた。

解体する、食べる、解体する、食べる、解体する、食べる

　　さぁもう一度

「よし！　可愛い！」

ぐっと手を握って言うと、さゆりは恥ずかしそうな顔でこちらを見た。

「このワンピース……少し丈が短くないかしら？」

「何を言っているんだ、それがいいんだろうが」

ワンピースの裾（すそ）を持って下に引っ張ろうとするさゆりが何とも可愛らしい。恐らくスカート部が短くて心もとないのだろう。普段履いている制服のスカートも中々短いと思うのだが別なのだろうか。

「え……と、似合う？　かしら？」

さゆりがもじもじとこちらを見ながら言う。何て可愛らしさなんだ、まるで天使のようじゃないかと言いそうになるのをぐっと堪（こら）えて俺はただ一言だけさゆりに伝えた。

「よし、買おう」

＊

「結局、たくさん買っちまったな」

紙袋二つを両手に持ちながらにこやかに言う俺に対して、さゆりは何やら浮かない顔をしている。

「ん？　どうしたんだ？」

今月はまだ余裕があったし、ほとんど俺のお小遣いで買ったようなものだから家計には影響がないはずだが、とさゆりに声をかけるもさゆりは複雑な顔をしたままだ。

「むー……、私ばっかりこんなに買っていいのかしら」

「何を言ってるんだ、可愛く着飾ることも夫を癒す妻の大事な仕事だぞ？」

何やら余計なことで悩んでいるようだったので、茶化すように言う。

だが帰ってきたら妻が可愛らしい服を着ているのも日々の疲れが癒される大事な瞬間だと思う。

「そう……かしら？　うーん、何か違うような気もするんだけど」

さゆりは意外と単純なので軽く誘導してやると案外簡単に納得してくれる。

俺としても可愛いさゆりは幾らでも見たいので最初に言った意見が嘘というわけでもない。

「まぁそう思うんなら、たまには今日買った服とかで出迎えてくれると嬉しいな。もちろん裸エプロンとかでも……ぐはぁっ！」

最後まで言おうとする前に、さゆりからアッパーが顎に入る。結構痛い。

「変なこと言わないの！　わかったわよ、その、ちゃんと……たまには着るから！」

裸エプロンはなしでね。と最後に付け加えてさゆりが目を逸らしながら言う。

俺としては裸エプロンは是非ともやってほしいのだが、それ以上言うと今度は何をくらうかわかったものではないので渋々黙る。

けれどたまには着てくれると約束したのだ、それで十分だろう。

本当はもっといっぱい服を買ってあげたかったんだ。俺は。ずっと。

「あーでも」

夕焼けを見ながら言う。

「みゆきにも服を買いたかったなぁ」

さゆりに似たはちきれんばかりのボディに似合う服はきっとたくさんあるぞ。

そう続けようとしてさゆりの方を振り返ると同時に、俺の視点はぐるぐると回転した。

「ご……が…………？」

「はは……最後に…………これなんだ。せっかく楽しかったのに」

どちゃり、と音がして俺の目線は地面と同化する。けれど俺の体は未だ地面に立ったままだった。

どういうことだろうとさゆりに聞こうとしても、口からは変な空気が漏れるだけで音にならない。

そこでようやく俺は、俺の首が俺の体から切り飛ばされたことに気が付いた。

「大志……さ、次にいこ……？」

次ってどこだ……？

そう考える暇（ひま）もなく俺の意識は消え去った。

解体する、食べる、解体する、食べる、解体する、食べる

　　　さぁもう一度

*

今日も仕事を終えて家に帰る。あー……今日は疲れたなぁ。さっさとお風呂にでも入って寝るか。もちろんさゆりのご飯は食べるけどな！

「アナタ、お帰りなさい」

愛する妻がいつもの通り俺を出迎えてくれる。それだけで今日の疲れはほとんど吹き飛んだも同然だ。

「悪い、今日は疲れたからお風呂に先に入りたいんだ、いいか？」

「いいわよ、熱め？　温（ぬる）め？」

「んー、熱めで頼む」

「わかったわ」

何気ないやりとりをしてさゆりがお風呂場へと向かう。そんないつものことがとてつもなく愛（いと）おしい。それは俺がまだ新婚だからだろうか。と、言っても結婚してから5年は経っているんだが。

普通5年も結婚生活を送ると、そろそろ飽きがくるものらしい。会社の先輩たちがそう言っていたが、俺とさゆりには一向にその気配がない。むしろ毎日幸せだ。

恋愛は最初ドキドキが多くて、それが次第に安心感へと移行すると聞いたことがある。

俺とさゆりは今はどっちだろうか。安心感の方のような気もするが、ドキドキも残っている気がする。どちらにせよ倦怠期（けんたいき）なんて来ない方がいいものなんだが。

「十分もすればお風呂が沸（わ）くわ」

さゆりが二階にあがって自室で服を脱いでいた俺の元にやってくる。

俺が脱ぎ散らかした背広を丁寧にハンガーにかけていった。

「おー、ありがとな」

お礼を言いつつ、シャツをさゆりに渡す。代わりに室内着を受け取って着る。

さゆりのこういう行動には無駄がない。着る服がないと探し回る羽目になんてならない。

俺一人だとずぼらなので、さゆりがいてくれると大層助かるのだ。

「お風呂、どうする？　一緒に入る？」

ちょいちょい、とさゆりが俺の服の裾を引っ張りながら聞いてきた。そうだな、一緒に入ろうか。

いつも一緒に入っているような気もするが。

「ああ、一緒に入ろうか。ついでにみゆきも一緒に」

つい、余計なひと言が入る。

あ、っと思った瞬間には俺の胸には包丁が突き立てられていた。

痛みはあまり感じない。けれど心臓はその一撃で動かなくなったようで、体が苦しくなってきた。

「何度目かな。みゆきと入ろうって言ったのは」

さゆりが目を閉じて言う。感情が見えない。

それより、俺は次の言葉に耳を疑った。

「何度目かな、そういうアナタを殺したのは」

……何度目？

「さゆり、俺は……」

お前に、殺されるのなんて初めてだ。そして、もちろんこれが……最後だろう……？

そう言おうとしたが、声は出ず、ただ苦しくなっていく体に苛立ちを感じ始めたところで俺の意識は闇へと消えた。

解体する、食べる、解体する、食べる、解体する、食べる
さぁもう一度

*

夕食を食べてゆっくりしていると、さゆりが何か考え事をしている。

あーでもないこーでもないと目をあちこちに向けながら悩んでいるようだ。

「どうしたんだ、さゆり。考え事か？」

疑問に思ったことを素直に聞くと、さゆりは俺の方を見て自身の口元に手をあてた。

「ほら、もう少しで結婚記念日じゃない？　何を作ろうかと思って」

どうやらあと数日に迫った結婚記念日の料理を彼是(あれこれ)考えていたらしい。

料理好きなさゆりのことだから、もう決まっていると思いきや意外とまだ決まっていなかったようだ。珍しい。

「肉料理とかでいいんじゃないか？　俺肉好きだしな」

記念日には大抵俺の好物である肉料理を出してくれるのだが、今回はそういう考えはないのだろうか。

「もちろんメインディッシュは肉料理よ。手間暇かけて作るわ。でも……サイドメニューがね……デザートとかが決まらないのよ」

ミルフィーユやモンブランは食後のデザートには重いかしら？　とさゆりが首を傾げる。

俺としては別に平気だと思うのだが、さゆり的には考えるべき余地がある部分らしい。

なので俺はとあることを言うことにした。だってどんなものだって、愛妻の手料理に敵(かな)う料理があるわけがない。例外があるとすれば娘が生まれたとして、その娘が作った料理だろうか。

「なぁ、さゆり」

「なぁに？」

俺がさゆりの手を持って俺の方へ寄せると、さゆりが頭の上に「？」を浮かべながらもこっちに寄ってきた。

さゆりが俺の方に寄ってきたのを見ると、俺は考えていた言葉を口にした。

「どんな料理でもかまわないよ。それがみゆきの手料理ならば」

にこやかに放った言葉。妻を落ち着かせる言葉。

そう思っていたのに、一瞬にしてさゆりの顔は憎悪(ぞうお)にまみれた。

「みゆきの……手料理、食べたこと、あるの……？」

あるけど、美味しくはなかったな。そうさゆりに告げる前に俺の胴体は真っ二つに引き裂かれた。

人間の断面ってこうなっているんだな、と冷静に考えつつも「愛する妻に殺されるというのは悲しいもんだな」と自分が何故(なぜ)殺されたのかもわからず目蓋(まぶた)を閉じた。

さぁもう一度
解体する、食べる、解体する、食べる、解体する、食べる

最近体の調子が悪い。風邪だろうか。規則正しい生活を送っているつもりだったのだが、実際はだらしない生活を送っていたのかもしれない。

食事関係はさゆりに任せているから完璧だが、それ以外が少し心もとない。

「アナタ、体の調子が悪そうよ。大丈夫？」

さゆりが心配そうに俺を見ている。だめだなぁ。表に出るようになってしまったら、本格的に体

調が悪い証拠だ。早くなんとかしてしまわないと。

「大丈夫だよ、さゆり。みゆきになんとかしてもらうから」

さゆりを心配させまいと、そうにこやかにさゆりに告げる。

さゆりは喜んでくれるのかと思いきや、先ほどからしている悲しそうな顔を一層深くさせた。

ありゃ、心配させてしまったのかな？

「……みゆきには何もできないわよ」

「そうでもないぞ、だってみゆきには」

その後に言おうとした言葉が思い浮かばない。何を言おうとしたのか。みゆきには何ができるのか。あ・の・女・に・は・何・も・で・き・な・い・は・ず・なのに。俺は一体何を。

「体調もきつそうだし、次・に・い・こ・っ・か・……？　ね？」

さゆりがよくわからないことを言う。よくわからないことを言ったさゆりは俺の体に持っていた包丁を思いっきり突き立てると、苦しみで目を見開いた俺の目蓋を優しく閉じた。

「大丈夫、もうしんどくないわ」

最後に聞こえた言葉は、殺した俺のことを心底労(いた)わる言葉だった。

さぁもう一度
解体する、食べる、解体する、食べる、解体する、食べる何か暇だなぁ、休みの日にやるべきことは全(すべ)てやり尽くしてしまったような気がする。

ぐっと背伸びをして、俺は本棚の整理でもしたらどう？　と言うさゆりに向かって思い浮かんだ提案を出してみた。

「なぁ、みゆきに会いに行っていいか？」

「だめよ」

ぐちゃり。

即座に俺の意識は飛んだ。

解体する、食べる、解体する、食べる、解体する、食べる
　　さぁもう一度

「ねぇアナタ、おやすみのちゅーは？」

「ああ、みゆきにしたからもういいや」

ごちゃっ。

解体する、食べる、解体する、食べる、解体する、食べる
　　さぁもう一度

「なぁみゆき……」

ずしゃ。


解体する、食べる、解体する、食べる、解体する、食べる

　　さぁもう一度

「アナタ、明日はお休みだから、どこかに連れていってほしいの」

さゆりが珍しく俺にお願いをしてきた。ポイントは頼んできた、ではなくお願いをしてきたことにある。

さゆりの頼みは提案を含む、どちらかと言うとやってもらわなければ困るができなければ代替(だいたい)案を考えましょうといったものだが、このお願いはさゆりにとってはアナタには必要ないことかもしれないけれど、私がしたいことだからしてくれると嬉しいというものだ。

中には今みたいに頼みの範囲でも良くないか？　と思うことも多々あるが、それはさゆりの奥ゆかしい性格故なので逆に直したくないところでもある。複雑な部分だ。

「ああ、別にかまわないぞ」

もちろん今回のさゆりのお願いを断る理由なんて俺にはないので、俺は二つ返事で回答する。

「ほんと？　嬉しい……っ」

俺と一緒にデートに行く。ただそれだけのことなのに馬鹿みたいに喜ぶさゆりがとても愛おしい。やったぁと顔を綻(ほころ)ばせながらぴょんぴょんとその場をジャンプしているのを見ると、思わず抱きしめたくなる。いやもう抱きしめた。

「ひ、大志……っ？」

さゆりが驚きで目を白黒させるが、構わず抱きしめ続ける。ああ、本当にさゆりは抱き心地がいいなぁ。何かいい匂(にお)いもするし。

「ふふ……可愛い可愛い…………」

「もうっアナタったら……」

頭を撫でてやると、少しくすぐったそうにさゆりが身をよじる。けれど腕の中からは逃げようとはしない。

それが可愛らしくて、さらに頭を撫でてやると、目を閉じて大人しくされるがままになった。しばらく撫でるのを続けていると、さゆりがぱちりと目を開けた。

「そういえばどこに連れていってくれるの？」

さゆりの言葉に確かにと思った。

旅行というわけでもないのだから楽に決めてもいいのだが、それでも行き当たりばったりというのはさすがにだめだろう。大体どこへ行くのかぐらいは決めなければ。

「そうだな……」

遊園地……子供っぽすぎるか？　適当にドライブ……良い所が思い浮かばん。

色んなところを考えてみるが、今は特に行楽シーズンというわけでもないので行きたい場所が思い浮かばない。……強いて言えば、そうだな。

「みゆき……の家にでも行くか？」

何となく、そう提案してみる。

あいつ確か一人暮らしだったろ？　と笑いながらさゆりの方を見ると。

「え……？」

ぞくり、と背筋が凍った。

さゆりの目が血のように真っ赤に染まっている。その目で俺のことをじっと、感情の入らない目で見つめている。さゆりが何を考えているのかわからない。いや、目の前にいるそれが本当にさゆりなのかどうかすらわからない。

ピキピキと場の空気が痛いほど冷たい。口の中がからっからに乾きだして喉が痛くなってきた。

それでもさゆりは俺を見つめることをやめなかった。

周りの風景が徐々にモノクロになっていく、まるで物が色を忘れてしまったかのように色を失っていく。塗りつぶされていくその空間に、耐えられなくなって声をあげようとした時。

「みゆき……の、家かぁ……」

さゆりがぼそりと呟いた。

ぴたり、とその途端周りがモノクロになっていくのが止まる。これで元に戻ってくれるのかと思いきや、風景は変わってはくれなかった。

「明日は絶対みゆきの家に……行こうね」

そう言って、さゆりはするりと俺の腕から抜け出すと寝室に戻っていった。

家の異常は戻らない。ガクガクと足が震える。何かとんでもないことをしてしまったのではないかと。

いや、したんだ俺は。だから。

ぐらりと周りの風景がぼやける。モノクロばかりだからぐちゃぐちゃに混ざってしまってよく見えなくなる。

眩暈（めまい）を起こしたように俺はふらついて、立てなくなった俺はそのまま床に倒れた。

そして、そのまま意識が黒に塗りつぶされていった。

*

「アナタ、ほら、ねぇ、起きて」

週末の土曜日、何故かさゆりが俺の体を揺さぶっている。

「うーん、何だよ……」

正直言って休みの日はまだ寝ていたい。けれどさゆりは揺さぶるのをやめてくれない。

仕方なく起き上がるとさゆりは不機嫌そうにこう言った。

「今日は出かけるって言ったじゃない。連れていってくれるって」

昨日そんなことを言ったような気もする。だがどこに連れていく約束をしたのか覚えてはいなかった。

よくわからないなりにも、さゆりの気迫に押されて渋々と着替える。さゆりはもう準備ができていたようで、俺が用意し終わるとすぐに車へと俺を引きずって行った。

「国道沿いに真っ直ぐ行って」

車に乗り込むなりさゆりが俺に向かって喋る。

行く道はさゆりには既にわかっているらしい。さゆりはふだん車に乗らないのに。

「次の信号を右。その後二つ目の角を左」

俺の道案内をする以外は黙っているさゆり。その沈黙が何か怖かった。

……何だろう、この違和感。

俺は何度もこの道を通ったような気がする。この道を知っている気がする。

「ああ、そこ。そこのマンション」

着いた先は、知っているのに知らない……マンションだった。

「ま……さか」

高層マンションを見上げる。俺はこのマンションを知っている。一度も見たことがないはずなのに知っている。何度も何度も来ていると体が言っている。

「じゃあ先に行ってるから……早く来てね」

さゆりが車のドアを閉めて去っていく。

この場所はさゆりも知っている。だって、そう、ここは。

――――――みゆきの住む、マンションだから。


慌てて車を適当な場所に置いてさゆりの後を追いかける。

車を置くのに手間取ったせいか、既にさゆりの姿は見えなかった。

マンションのエントランスに飛び込むように入ると、二台のエレベーターが見えた。

片方のエレベーターは5階に止まっている。

……5階には、みゆきの部屋がある。

慌ててエレベーターのボタンを押すも、二台とも上にあがっているせいか中々来ない。

苛立って何度も何度もカチカチと押すものの、そんなことをして機械が早く動くはずもなく。時間だけがいたずらに流れていく。

一瞬階段であがることを考えたが、2階や3階ならいざ知らず、5階であればどう考えても待った方が早い。頭ではそう結論付けたが、体の方は今にも動きそうな程ガクガク震えていた。

「くそっ！　まだか!!」

俺の苛立ちがMAXになりそうになる寸前にエレベーターはゆっくりと下降してきた。

焦る俺の神経を逆なでするかのようにゆっくりと開くエレベーターに体をねじ込ませると、5階のボタンを押して今度は閉のボタンを連打した。

静かなエレベーターの中、モーターの駆動音しか聞こえない箱の中で、俺はじりじりとした緊迫感に襲われていた。

一体何が起こるんだ。一体何があるというんだ。

そもそも、何で俺はあそこであの言葉を言ってしまった……!?

あの言葉は、ここでは言ってはいけない言葉だったのに！

ちりっと音がする。こめかみがずきずきし始める。耳鳴りがキーンと鳴る。

虫の知らせなんて今更遅すぎた。俺は今まさに、死刑台の上に乗っているも同然なのだから。

ゆっくりとあがっていくエレベーターの中、一人で深呼吸して心を落ち着かせる。それでも心臓はバクバクいって静まらない。モーター音は聞こえなくなったが、かわりに心臓の音だけがうるさく響いていた。

落ち着け、落ち着くんだ。そう心に語りかける。どうしようもない状態だが、更に悪化させることだけは避けなくてはいけない。

そうだ、そう、まだ決まっていない。

……何が、決まっていない？

……えっと……そうだ、みゆきが殺されることだ。

まだ大丈夫だ、そう保証なんて誰もしてくれないけれど。

それでもさゆりは出会いがしらにいきなり殺すなんてことはしないはずだ。

だって、さゆりはそんなことをしたことがない。いつも持っている包丁ですぱっとみゆきの首を斬るのはあとだ、あと。

それよりも先にしなければならないことがあるからさゆりは先に行ったんだ。

それは何だ？　みゆきを殺すよりも先にしなければならないことは？

そうだ、みゆきを確保すること、そして料理の用意だ！　だからそれが済むまでみゆきは殺されない。

だって料理は部類にもよるけれど新鮮な方がいいとさゆりが言っていたから。信じる、俺はさゆりを信じる。

そう、結論して。俺はさゆりが何を料理するかは考えたくなかった。


ちん、とぶっきらぼうな音がしてエレベーターの扉がようやく開く。中にいた時間は1分もなかっただろうが、俺には数時間にも感じられた。

一歩外を出ればそこは異空間だった。

何の変哲もないはずのマンション。そこが、異質。

音は一切聞こえない。鳥の声も何の音も聞こえない。ただ聞こえるのは俺が歩くコツンコツンという音だけ。

他には何の足音も聞こえない。人の気配すら感じられない。ただの無機質な物体ばかりがそこにあった。

寒気立つ体を抑え、みゆきの部屋の扉の前に辿りつく。ここで鍵が閉まっていたら帰れるだろうかとドアノブに手を伸ばすも、ひんやりとしたドアノブは冷たくも無情にまわり、あっさりとドアは開いた。

開いていくドア。見えるのは薄暗い廊下のみ。嫌な音を立てながら開いていく扉の中に体を潜り込ませると、すぐに扉は俺を閉じ込めるかのように閉まった。

みゆきの住むこのマンションはファミリー用で広い。

だからさゆりとみゆきがどこにいるのかをまず探し当てなければならないが、恐らく居間の和室にいる可能性が高かった。みゆきは自室か居間ぐらいしかマンションの部屋を使っていない。さゆりが先にここに来たということは、居間にいると思う。

みゆきの家は静かだった。何の音もしなかった。先に入ったはずのさゆりがまだ来ていないのではと思わせるぐらいに。

けれど律儀にもきちんと揃えて脱いであるさゆりのブーツが「そうではない」ことを証明してくれている。

帰りたい。俺はどこで道を間違えたのか。みゆきの家に行くと言ったところか？

いや違う。最初だ、最初。

では最初はどこだ？

おかえりなさいと言われたあの日じゃない。

あの日は最初じゃない。はじまりはあそこだったけれど、道を間違えたのは最初のあそこじゃない。

……頭が痛い。

考えてはいけないことを思い出している。だめだ、やめろ。そんなことを思い出して何になる？

素直にさゆりに会いに行こう。それで全てが終わりさ。また最初に戻るだけ。

脳裏に浮かぶは白い部屋。コンクリートが打ちっぱなしの、灰色のはずなのに白い部屋。

白い服を着たさゆり。そこには何もない。あるのは俺と料理と。

――――中学生ではないさゆり。

ノイズまじりの音が脳みそに響く。頭の神経が焼き切れそうだ。

そこで、俺は……俺は、さゆりに。

――そこは、最初じゃない――

ぷつん、と映像が途切れる。

そう、アレは最初じゃない。アレは結果だ。強いて言うなら本当のはじまり。

この場合の最初とは間違いのこと。いつから間違いだったのか思い出せ。

そうしたら、この事態の悪化を止める方法が少しでも浮かぶかもしれないから。

なのに。

くすくすという笑い声が、邪魔をした。

その声で一気に現実へと引き戻される。さっきまでいた白い部屋ではなく、薄暗いみゆきの家の廊下。

聞こえてきた声はさゆりの声だった。楽しそうな声。聞こえてきた場所は目の前の扉の向こう……居間だった。

間違いない、さゆりとみゆきはそこにいる。

汗をかいた手を服で拭って居間のドアに手をかける。

玄関のドアノブのようなひんやりとした感覚はなかった。あるのはぞわりとした悪寒。そして生ぬるい空気。

がちゃり、とやけに鮮明な音が辺りに響いた。

「遅かったのね、アナタ」

扉を開いた先にいたのは、さゆりとみゆきだった。

姉妹が居間で談笑しているのとは違う笑いをさゆりがする。

そのさゆりの手にはみゆきがあった。

みゆきはさゆりに髪の毛を持ってひきずられてはいるが、少しも痛がらないどころか動かない。どうやら意識がないようだ。

けれど生きてはいるようで、時折体をぴくりと動かしていた。

「あんまりにも遅いから、さくっとやっちゃおうかと思ってたわ」

さゆりがもう片方の手に持っていた包丁をきらりと光らせる。

綺麗なその包丁はきちんと手入れがされており、どんな肉でも容易く切ってしまいそうな外見をしていた。

「アナタ、お腹が空いたでしょう？　お昼ご飯にしましょうか」

時間は既に11時を過ぎた辺り。しかし俺には空腹を感じる余裕などなかった。

「ほら見て、アナタの好きなものがここにあるわ。これで料理をしてあげる」

さゆりが笑う。にこやかに。純粋な笑顔なのに、その笑顔は底知れぬ闇が裏にあった。

「う……うわぁあああああああああああああ!!」

その光景に耐えられなくて、思わず廊下の方へと走る。みゆきのことなんて構わずに。

おいおいみゆきを見捨てていいのか？　と頭の中で声が聞こえたが、みゆきに俺の命を引きかえにする程の価値なんてなかった。だから薄情ものと言われようと逃げた。この状況から。

ドタドタと、行きとは違い大きな音を立てて走る。もう見つかってしまったんだ、だから音をいくら立てようが関係がない。

それよりもこの異常な状況から逃げることが最優先だった。

呼吸ができなくなるほどの圧迫感。それを耐え続けることは俺には無理だった。

足は俺の方が速い。だから逃げ切れるはずだ。

だから絶対に追いつけるはずがないんだ。逃げないと、逃げないと。

あの包丁で■■される前に逃げないと。

みゆきが■■されるところなんて見たくない。そんなところなんて絶対に見たくない。

逃げないと……逃げ、ない、と。

「ひぎゃあっ！！？？」

あともう少しで玄関のドアノブに手がかかるというところで盛大に転ぶ。

何一つとして転ぶ要素なんてなかったのに。慌てて俺は立ち上がろうと体中の痛みを構わずに起き上がろうとする。

「だめ、だよ。逃げるのだけは許さない」

さゆりがゆっくりと近づいてくる。その手には何も持っていない。

みゆきも……包丁も。

いつも手放さなかったはずの包丁が手にない。だとしたらチャンスだ。刃物がないのであれば素手でも俺はさゆりに勝てるはずだから。

だからこそまずこの体勢を何とかしなくてはならなかった。

無様に転がっていては対処のしようもない。だから、そう。立たなければならないのに。

「あ……いっ……」

立てない。足に力が入らない。足が燃えるように熱くて、命令を聞いてくれない。

何故？　理由を知るのは簡単だ。その場所を実際に見てみればすぐわかるだろう。

では何故見ない？

それは。

「あはは、足、赤くなっちゃったねぇ」

足に、さゆりが持っていた包丁が刺さっているから。

さゆりは俺に包丁を投げたのだ。しかも狙(ねら)ったのは胴体ではなく、足を。

あの距離からよく当てられたなぁと思うと同時に、俺はさゆりから逃げられないのかと思った。

「あ……ぐっつぅ……っ」

さゆりがずるりと俺の足から包丁を抜く。

体内の異物がなくなったのはありがたいが、これで状況はより最悪になってしまった。

怪我(けが)をした俺。包丁を手に持つさゆり。俺が怪我をしただけで状況は何一つ好転していなかった。

「ちょっと待っててね」

俺が大人しくしているのを見たさゆりが、とたとたと居間の方へと走って行った。

俺はと言えば、すぐそこに玄関があるというのに動くことすらできなかった。

当然だ、動いたら出血多量で死んでしまうぐらいの怪我だ。俺にはどうしようもない。

ここで無理に動いて外に出たとしても、血を流して死んでしまうだけだ。誰にも気づかれずに。

……誰にも気づかれずに？

そうだ、ここは人気がないと言え仮にもマンション。住人が0というはずはないだろう。

ならば外に出て助けを求めた方がいいのかもしれない。異常に気づいた住人が直接助けてくれない可能性もあるが、救急車ぐらいは呼んでくれるはずだ。

それに賭(か)ける可能性は十分ある。それに。

「ぐ……ぐぅううう」

手を伸ばし、ドアノブを掴(つか)む。力があまり入らないためゆっくりとだが確実にまわして、その後体全体を使ってドアを押す。ドアはゆっくりと開いていく。

早く、早く開いてくれ。さゆりが帰ってくる前に。

「……っ……は……」

開いたスペースに体を押し込んで外に出る。

動かない下半身は未だ部屋の中だが、上半身だけでも外に出ていれば問題ない。

あとは。

「誰か！　火事だ！　助けてくれ!!」

大声で叫ぶ。

最近の人間は助けを呼ぶ声には反応しない。犯罪に巻き込まれたくないからだ。

だからこういう場合は火事だと叫ぶ方がいいと聞いたことがある。

火事ならば否(いや)が応(おう)でも巻き込まれる可能性があるため人が様子を見に出てくる可能性がある。しかも一人や二人ではなく複数人が。

後は出てきた人間に救急車と警察を呼ぶことだけでも頼めればいい。そうしたら、そうしたら俺は解放される。救急車を呼ぶぐらいならしてくれる人はいるだろうから……っ。

「……？　何で……」

俺の叫びに、誰一人として出てくる人間はいなかった。

おいおい、普通一人ぐらいはいるだろう……？　なのに、何で……。

「あははっ。そんなことをしても、誰も来ないよ？」

玄関の扉が開いて、俺の上半身が中に引き戻される。

そこには包帯を持ったさゆりがいた。

「えっ……？」

さゆりの言葉に疑問を浮かべていると、さゆりが俺の足にくるくると包帯を巻きながら信じられないことを俺に告げた。

「だって、ここはみゆきのマンションじゃないもの。アナタが気づいていないだけで、ここには誰も住んでいないんだから」

……誰も住んでいない？　何故そう言い切れる？　ありえない。だってここは、普通のマンションなのだから。

俺が混乱しているうちにさゆりが俺の足に包帯を巻き終えた。止血した足は痺れるものの、固定されているせいか痛みは少しだけ薄らいでいた。

「ほら、暴れないでね。痛い思いしたくないでしょ？」

さゆりが俺の体を引きずって居間へと運ぶ。俺には自分の置かれている状況がさっぱりわからなかった。

誰もいない？　ここはみゆきのマンションじゃない？　俺の記憶にあるマンションと同一であるこのマンションはじゃあどこのマンションなんだ？

何より、ここがみゆきのマンションではないのなら、さっきさゆりが掴んでいたみゆきは一体誰だと言うんだ……？

俺が茫然としていると、さゆりは俺を座布団に寝っころがせてどこかに行ってしまった。

「ちょっと待っててね、今お昼ご飯を作るから」

にこにこと、俺にそう言って。

＊

意識が朦朧としてきた頃、さゆりが何かをテーブルの上に置いた。

「遅くなってごめんね、ちょっと切るのに手間取っちゃって」

ことん、と置かれたソレは鍋だった。

一人用の鍋のようで、一般的な鍋より二回り程小さい。湯気が立っていて、いい匂いがした。

「アナタの好きなモノだから遠慮せずに食べて」

かぱり、と蓋が開けられる。中には白菜などの野菜と……肉が数切れ入っていた。

みゆきの家に入った後に起こったデジャブがまた俺を襲う。

いい匂いのする料理。白い部屋。皿の上の料理。

最後に出されたラ・クロッシュを開けて出てきたものは。

さゆりが、アナタの好きなモノと言って出してきたソレは。

「ほら、食べて」

さゆりが俺に向かってレンゲを突きだす。そういうところまでデジャブとそっくりだった。

取り皿にわけられた何かの肉がレンゲの中にある。

「い……やだ…………」

食べたくない。そんなモノ、食べたくない。

だって、ソレは。

「何で？　前は美味しいって言ったじゃない」

だって、前は言わなかったじゃないか。■■■の肉だって。

だから俺は気にせず食べたんだ、食べてしまったんだ■■を。

「嫌だ！　俺はそんなもの食べない！」

さゆりの持つレンゲを弾き飛ばす。

足は片方だけしか動かない。逃げられない。けれど俺はソレを食べることだけは嫌だった。

出来たてのソレ。湯気を立てる美味しそうなソレ。正体がわからなかったら食べてしまっていたかもしれないソレ。

ソレが元は何なのか考えたくなかった。大きな大きな一人の■■がこんな小さな肉に解体されたなんて考えたくもなかった。

「アナタってわがままね」

さゆりが飛ばされたレンゲを拾ってテーブルの上に置く。

「みゆきがいいと言ったから、みゆきにしてるのに。前も今も嫌だと言うんだから」

さゆりが新しいレンゲを取り出して取り皿の中身をすくう。

スープには肉が浮いている。

「ほら、前も肉は美味しそうに食べてたじゃない。知らなかったら美味しいんでしょう？」

さゆりが笑いながら俺にレンゲを突きだしてくる。

俺はそれを体を捻じって拒絶した。

ソレは、ソレだけは食べるわけにはいかない。

例えもう既に食べていたとしても……っ。

「ふふ」

目も口もかたく閉ざした俺を見てさゆりが楽しそうに笑う。何がそんなに楽しいのかわからない。

けれどさゆりは何故か凄く嬉しそうな声だった。

「そんなに、嫌なの？」

ふわり、と柔らかい感触が顔に触れる。思わず目を開けると、さゆりが俺を抱きしめていた。

「みゆきを拒むのね。嬉しいわ。でも……」

さゆりの声が震えている。さっきまで嬉しそうな声だったのに、まるで泣きそうな声になっていた。

「もう少し早く……みゆきを拒んでほしかった」

さゆりがそう呟いた瞬間、ぐちゃりと何かが首の中に入ってきた。冷たいそれは容赦なく俺の肉を抉っていった。

何かを喋ろうとしても、俺の口から声は一つも出なかった。

「もうだめだね。もう、ここからは戻れない。だから」

さゆりが俺を抱きしめる力が強くなる。

ぎゅっと力を込めすぎて、指先が冷たくなるぐらいに。

「バイバイ、アナタ」

最後に、俺の顔に一滴の涙が落ちてきたような気がした。

幕間　「アナタの罪私の罪」

灰色の世界。

アナタを殺したら、この世界は灰色になる。

だって、私の意味はアナタだから。

アナタを殺してから急激に色を失っていく部屋。それはあの白い部屋を思い起こさせる。

あの部屋は……嫌いだ。

白い部屋。愛していたアナタの豹変(ひょうへん)。ねぇ、アナタに何があったの？

アナタは私を愛してくれていた。少なくとも私は信じてる。

段々家に帰らなくなっても、みゆきの元に行こうとも、たとえ……たとえもう私を愛していなくても、アナタは……私を、愛してくれていた。

家に帰ってこなくなったアナタはたまに帰ってきてもいつも苛々(いらいら)していた。何かにつけ頭が痛いと言っていた。知り合いもアナタの変わりようにどうしたのかと私に聞いてきたりもした。

けれど理由は今もわからない。理由を知る前に私はみゆきを殺してしまったから。

白い部屋。あの部屋で私はアナタに最後の料理を振る舞った。殺したみゆき、殺された私、そしてアナタ。

全てが嫌で、気が付いたらこんなところにいた。

初めは全然意味がわからなかった。どういう状況なのかもわからなかった。

アナタと二人で仲良かった頃と同じように過ごしている。けれどこの世界には私と大志以外誰もいない。そして……私の体は中学生の時のものに戻っていた。

ここは夢。私の夢。私と大志の夢。

そう気づいてからは色々と工夫した。私の記憶では無理な部分はあの人の記憶から創った。ある一定の時間が経つと全てが巻き戻るこの世界。

例えアナタの記憶がリセットされるとしても、私は幸せだった。

若返った体は元に戻ることはなかった。ある程度弄れるはずの私の夢で弄ることのできないものの一つだった。私の外見に大志は違和感を抱いていないけれど。

……多分、体は覚えているのだろう。幸せだったあの頃を。

中学生の時はみゆきに邪魔されても幸せだったから。何より、アナタと最初に出会った体だから。

あの日から私の幸せは始まったから。きっと体はその幸せに縋りついているのだろう。

中学生よりも大きくなってしまった体の頃は嫌なことばかり起きたから、きっと体が拒否しているのだ。その姿の時代を。

大人になってからももちろん幸せな時はあった。アナタと結婚して、アナタと一緒に住んで……幸せだった。けれど。

その体は、アナタを殺めたときの体だから。

厳密に言うと私は大志を殺してなんかいない。現実では一度たりともあの人を傷つけたことなんてない。ただ、アナタが死ぬであろうスイッチを押してしまったのは紛(まぎ)れもなく狂った自分。

だから大人の体は……一番忌むべき体なのだろう。

何も考えなくて良かった。あの一途(いちず)にアナタを思い続けることができた中学生時代が一番幸せだった。子供という免罪符(めんざいふ)で社会のことも何も考えずにただただただアナタだけを好きだと言えたあの時期が一番幸せだった。

だから、体は戻ってくれない。私のこの心が、中学生の頃の一途なものだから。

狂ってしまった私より前の、一途な頃の私だから。

その私に対し、アナタは夢を見る前のアナタのままだった。

けれど、あの人の記憶は少しずれていた。

あの人は白い部屋での出来事を何一つとして覚えていなかった。

いや、それどころかみゆきの元に行き、私と別居していることすら忘れていた。

私を、愛してると言った。

幸せだった。もう二度と見れないと思っていたアナタの私へ向けた笑顔。もう二度と聞けないと思っていたアナタからの愛の言葉。私を愛するアナタに戻っていた。

なのに、何度目だろう。アナタを殺すのは。

一回目は偶然だった。泣いて泣いて泣いて、あるコトをしたら元に戻っていた。

法則に気が付いてしまってからはあの人がみゆきのことを想(おも)う度に殺した。

何回殺したらアナタはみゆきのことを忘れてくれるのだろう。

こんなに、こんなにみゆきを排除しているのに何故アナタの心にはみゆきが宿るのだろう。

何故みゆきの方へ行くのだろう。みゆきとアナタの間には、そんなに深いものがあるのだろうか。


　ひゅん、と音がして。ぐちゃり、と音がする。


何度やってもこの作業だけは慣れない。涙がぽろぽろ溢れ出て止まらない。

慣れるはずがない。

愛する人を……バラバラに切り刻む行為（こうい）なんて。

でもそうしないとずっとこのままなのだ。

この人はこの世界では腐（くさ）らない。でも元に戻らない。

ただ二人だけの灰色の世界でずっと過ごすことになる。

大志の死体と、私だけの二人の世界。そんな世界気が狂ってしまいそうになる。

だから私は必死に元に戻そうとする。またアナタに愛してると言ってもらえるように。

元に戻す方法はただ一つ。この人をこの世界から消すこと。

そして、私自身も可能な限りこの世界からいなくなること。

そうしたらこの世界はこの人を私に戻してくれる。

でも消すなんて難しい。山に埋めたり海に沈めたりしても形は残ってしまう。

私はともかく、大志は完璧に消さなければならない。だから、手段は一つしかなかった。

——彼を、食べること——

それだけが、彼を戻す唯一の方法。それ以外には何一つとして方法はない。

何日……いや、この世界はこの人を失った瞬間から時間を失くすから、時間ではかるのは意味がない。

どれだけかかっても彼を食べきらないといけない。

カニバリズム、人の最悪な罪の一つ。

それは罰なのだろうか。彼に人を食わせた罰なのだろうか。

何度も何度も何度も何度も彼を殺し。

何度も何度も何度も何度も彼を食べる。

解体する、食べる、解体する、食べる、解体する、食べる

それが私の罰なのですか？　神様。

終わりがない永遠。確かに幸せです。この世界は。

あの人が……みゆきを選ぶまでは。

「何で……何でいつもみゆきを選ぶのかなぁ……？」

泣きながら、それでも私はアナタを解体する。

そうしないと、上手く食べれないから。

「どうしてアナタは私を選んでくれないのかなぁ……？」

涙が溢れ出て止まらない。もう体中の水分なんて全部出ただろうと思っても止まらない。

この作業はもう慣れたはずなのに、それでもこの人を傷つけることは涙が出る。

震える手で腕を切断する。私を抱きしめてくれた腕。それが今はもうこんなに冷たい。

けれどこうするしかないのだ。みゆきを選んだあとのアナタはいつも酷いことになる。そうなる前にこうやってリセットしないといけないのだ。アナタが自身を掻き毟り、叫び自傷するところなんて見たくない。それならば、そんな光景を見るぐらいならば私は……。

アナタを、殺すことも厭わない。

狂っているのは誰なのだろうか。私はもちろん狂ってる。アナタも狂っているの？

みゆきを選んだあとのアナタはいつも苦しそうだ。現実でも夢でもアナタはみゆきのことを思い出すと苦しみだす。そしてみゆきに会いたいと言うのだ。

けれどこの世界で生きている人間は私とアナタ二人だけ。みゆきはいるけれどただいるだけのお人形。

みゆき、みゆき、みゆき。

この名前は腹が立つ。でもこの世界のみゆきはみゆきではないからどうしようもない。

現実のようにわめきちらさない。ただ人形のようにそこにあるだけ。

動かそうと思えば動かせるが、それでも現実のみゆきのようにはならない。

一度だけ大志の気が済むならとみゆきを動かしてみたが、大志が何かみゆきに縋るようにして叫び、結局何もできないと知ると自傷し始めたので諦めた。

ああ、みゆき。貴女さえ私達の前にあらわれなかったら、私達は幸せだったのに。

貴女と私は友人であり姉妹であり主従であった。

お金を取り上げられたり暴力を振るわれたり、見下していてそれでいて親友と言い出すアイツを私は憎んだ。

それでも……あの人にさえ手を出さなければ、何もしなかったのに。

最初は中学生のとき。そして次は高校生のとき。その次は大学生のとき。

みゆきはあの人にちょっかいばかりかけた。私とあの人は付き合って、いたのに。

みゆきにはたくさんのボーイフレンドがいたのに、わざわざあの人にちょっかいをかけた。

それだけならまだしも、結婚して距離をとってからもちょっかいをかけた。

——そして、ある日あの人を私から奪った。

理由なんて知らない。わからない。聞く前に殺してしまった。

何で私はあの時殺してしまったのだろう。後悔ばかり募る。

あの人が奪われてからも私は我慢したけれど、ある日私はぷつんと切れてしまった。

私とあの人の間に子供がいたことを知ったから。

……そして…………それと同時にその子供が流れてしまったことを知ってしまったから。

幸せな家族。その生活をあの女は奪った。それが、どうしても許せなかった。

私の心にはみゆきへの憎悪で溢れていた。それだけしか考えられなかったのだ。

目から涙が流れる。今度は赤い涙だ。それでも作業は中断しない。だって中断することに意味なんてないから。

「……っ」

だらだらと目から流れ続ける涙。目の前が真っ赤に霞むときだけ目をぬぐう。

私の体はもう血まみれで、今さら自身の血が少しぐらい混ざったとしても問題はなかった。

何でこんなことになってしまったんだろう。

どこで私は間違えてしまったんだろう。

何か一つでも違えば私はこんなところにいなかったのだろうか。

ただ、私は料理が好きな普通の女の子だったのに。


「アナタ、今度は――――」


解体した首を持ち上げる。アナタの目は虚ろで私を見ていない。

既にそこにアナタがいないことを知っていても、私はアナタを見ることをやめられない。

持ち上げた首の、唇にそっとキスをする。唇は冷たく、まるでアナタの私に対する気持ちのようで心が酷く悲しい。

それでも私は、アナタを愛している。
気のせいか、大志の目から涙が流れた気がした。

第三章「切れかけている心」

キレ
カケテイル
ココロ

俺の名前は大志（ひろし）、商社に勤める将来有望なサラリーマンである。

今日も一日のお勤めを終えて、妻のいる我が家に帰る。

最近体がだるい。仕事のし過ぎだろうか。家に帰ったらゆっくり休もう。

ピンポーンという味気ないチャイムの音を聞きながら扉が開くのを待つ。

すると30秒ぐらいで扉が開く。これが俺の毎日だ。

妻がにこやかに俺を迎えるが、俺としてはどうでもいい。ただこの疲れた体を休めたいだけだ。

「アナタ、ご飯にする？　それとも……」

「もう寝る、何だか体がだるい」

妻に鞄（かばん）を預けて、そのまま寝室の方へと向かった。

一瞬見えた妻の顔は、何か驚いたような顔をしていた。

そんな顔を見ることすら、嫌になる。

この倦怠感（けんたいかん）と苛々（いらいら）は一体何なんだろうか。

「アナタ、大丈夫？」

寝室について、乱暴に背広をベッドに脱ぎ捨てる俺に妻がおそるおそるといった体で話しかけてくる。

「なんともない、ただ疲れているだけさ」

妻の心配ですら億劫に感じてしまう。何故だろうか。以前はそんなことなんてなかったはずなのに。これも全て体のだるさのせいだ。

「それなら……いいんだけど」

俺が脱ぎ捨てた背広をハンガーに吊るしながら、妻が納得していなさそうな声で言う。

そんな声を聞くことすら鬱陶しくて、俺はパジャマに着替えるとベッドに横になった。

ふかふかのベッドに体重を預けると、思ったよりすぐに睡魔がきてうとうとしはじめる。

眠りにつく寸前、妻が俺に背を向け、何かを言ったような気がした。

「……元に戻っちゃったのかと思ったわ」

＊

「アナタ、明日映画に行くって言ってたけれど体調は大丈夫なの？」

昨日と違い、体調がだいぶマシになっていたのでご飯を食べていたら（ちなみに今日は肉じゃがだった）妻が俺の顔色を窺うようにこちらを見てきた。

そういえば少し前に休日に映画に行こうと約束していたっけ。そんなこともすっかり忘れてしまうほど最近は忙しかったからなぁ。

本当なら体調が悪いので様子見したいところだが、体調もマシになってきているし、前からの約束を反故にするというのも何だか男らしくない。

「ああ、行くよ。大丈夫だ」

そう笑いながら言うと、妻はほっとしたような様子で「良かった」と言った。

そんなに映画に行きたかったのだろうか。

「何の映画を見るんだっけ？」

「えーと、〈空に夢見し〉っていうタイトルよ、確か」

空に夢見し？　何だろう、飛行機にでも憧れを抱く主人公の話だろうか。

「純愛モノで監督はこれが初監督作品だけど、結構評判いいらしいわよ」

……純愛モノなのか。タイトルからして何かしらの感動モノだとは思ってはいたが、まさか純愛モノを持ってくるとは思わなかった。だが何でこんなものを見たいと思ったのだろうか、妻は。

「何でこれを選んだんだ？」

「……？　何を言ってるの？　これ、アナタが見たいって言ったんじゃない」

きょとん、とした顔で妻が言う。そうだっけ？

「私この映画全然知らないもの。だからアナタが見たいって言ってたから少し調べたんだけど。だから内容なんてほとんど知らないわ」

「そうだっけ？」

そう言われて思い出そうとするが、思い出せない。だが妻が嘘をつくとは思えないし多分そうなんだろう。妻が嘘をついている可能性も僅かながらあるが。

まぁ多分どこかで情報を見て、それで見てみようという気になったのが案外正解かもしれない。最近本当に仕事で疲れているんだ、少々記憶がおかしくても仕事に影響がないのならそれでいいだろう。

「アナタ最近疲れてるみたい。何でかしら……。体調管理はしっかりしてるはずなのに」

さゆりが肉じゃがのじゃがいもをつつきながら一人俯く。

「どうしようもないこともあるだろ。仕事の忙しさとかな。最近忙しいからそのせいかもしれない」

くいっとコップに注がれたお茶を飲み下す。ごくりと喉を通る液体はなんだか苦い変な味がした。風邪だろうか。

いつものお茶。なのに何か苦みを感じる。まるで烏龍茶のような苦さだが、妻がいつも出すお茶はお茶パックの普通の麦茶のはずだ。

寒い冬の日などは緑茶が出てくるときもあるが、普段は飲まないはず。

だからこれも烏龍茶など苦みのあるお茶の類ではないはずなのだが。何故だろう、舌までおかしくなったのだろうか。舌に刺激も感じるし、やはり体調不良だろうか。

倒れる前に病院に行くか、少し仕事量を減らさないといけないな。

「長引くようなら病院に行くよ。明日は問題ない」

妻を安心させるように優しく言うが、それでも妻は納得がいかないような顔をしていた。

「酷くなる前に色々調整するわ」

「ああ、そうしてくれ」

薬膳料理でも考えているのだろうか。俺はそう考えながら残った肉じゃがを口に入れた。

……崩れた肉じゃがまるで土のように感じた。

＊

「最近の映画館って凄いのね。綺麗で広くてたくさん上映してるの」

近所の映画館について、妻が辺りを見回しながら俺に向かって話す。

この映画館は大きな駅と繋がっているビルに入っている映画館で、スクリーン数は20を超える。

もちろん、スクリーンの大きさは学校の一クラス分のものから一般の映画館より少し大きめのサイズと色々揃っている。

それ故、普段なら観客数があまり見込めないせいで上映されないような映画も多数やっているのでありがたい。

マイナーな映画だと、下手をすると遠くまで見に行かなければならないからな。

内装は凝っているのだろう、重厚な絨毯が端までひいてある。少し照明は暗いが、暗いところからすぐに明るい場所に出たら眩しいので、その配慮だろう。

人はまばらだが、ここから見えるチケット売り場の液晶にはいくつか×マークがついている。

ここは全席指定席だから、チケットを買った後はどこかに行ってるのだろう。

「〈空に夢見し〉……えーと、あった。丁度あと20分ぐらいではじまるみたい」

妻がチケット売り場まで俺の手をひいて行く。

されるがままについていき、チケット売り場に並ぶ。液晶を見ると、△のマークだったのでどうやら席はまだあるようだ。

「お二人で三千円になります」

無機質な、ともすれば失礼な物言いにも聞こえる声で店員が話す。

必要以上のことは喋らないとでも言いたげな店員に財布から出した三千円を払うと、妻にチケットの一枚を渡してスクリーンへと向かった。

「あそこの店員、あんなに無愛想だったっけ」

俺が呟くと、妻が首を傾げた。まぁ妻は改装されてからはここに来たことがないのだ、知るはずがないだろう。

「……。アナタがそう思っているのに、何でそう感じるのかしら……」

どうやら妻にとっては無愛想には感じなかったらしい。接客としてはあれぐらいで丁度良いのだろうか。

「あ、アナタ。何か飲み物でも買っていく？」

接客態度について色々考えていると、妻がスクリーンに向かう足を止めて売店を指差した。

映画館と言えばポップコーンにドリンクがつきものだ。

ただ、ポップコーンは食べるとうるさくて周りに迷惑をかけてしまう可能性があるため、俺はあまり映画館ではポップコーンは買わない。ドリンクは買うが。

「そうだな、俺はコーラだけでいいよ。買ってきてくれないか？」

妻に財布を渡すと、妻は上機嫌で売店の方へと走って行った。あの顔はチュロスでも買ってやろうという顔だ、そうに違いない。

妻が買いに行っている間にスクリーンの番号と席を確認しておこうとチケットを見る。一旦入ると暗いのでチケットの番号を確かめるのが難しくなるからだ。

「23の……Ｆか」

中央の席が運よく空いていたのでとったが、よく見える席なんだろうか。

前に変な人が座っていなければいい、前に見たときはやけに背の高い人が座っていて、映画がよく見れなかった。

「……あ、れ？」

ぐにゃり、とチケットが歪（ゆが）んだような気がした。

立ちくらみか？　そう思って周りを見るも周りは特に問題がない。

もう一度チケットを見ると、チケットの歪みは元に戻っていた。

「とうとう疲れが目にきたのか……？　ん？」

目頭をぐりぐりと押していると、チケットが何かおかしいことに気づいた。

なんだ？　とじっとよく見てみると……。

チケットの文字が、全て虫にかわっていた。

黒い印字された文字が全て小さな小さな虫になっていて、今はまだかろうじて文字の形をとっているが、気持ち悪く蠢くそれはぬめりと、いや或いはさらさらとうす水色のチケットの上を這いずり回っている。

あまりの眼前の光景に茫然と立ち尽くしていると、虫たちはまるでその場にいるのは飽きたとばかりに段々文字を崩していく。はじめに崩れたのは上映時間だ、これでは上映時間がいつからかわからない。妻のチケットには書いてあるから平気だろうか。

そんなことを考えているうちにどんどん文字が崩れていく。次はタイトルと席番号だった。

大変だ、これではこのチケットで入場することすら不可能になる、事情を話せば入れてくれるだろうか。無理かもしれないがレシートはあるから話は聞いてくれるかもしれない。

虫が、虫が、虫が。

そして虫はチケットの上を這いずり回り、俺の指に……。

「うわぁああああああああああああああああああああああああああああああああ!!」

「アナタ!?」

おぞましい虫の感触が肌に触れた瞬間、俺は叫び、チケットを振り落とす。その肩を妻が強く掴む。

「どうしたの!?　大丈夫!?」

心配そうにこっちを見る妻。慌ててチケットがと言おうとしてチケットを拾うも、チケットは既に普通の状態に戻っていた。

アレは何だったんだ？　幻覚だろうか？　疲れからくる幻覚だとしたら、俺はそろそろ過労死でもするんじゃないだろうか。

でも違う、違うことを知っている、これは■■■■の……。

「コーラ買ってきたから、そこでゆっくり飲みましょ？」

妻が俺を映画館の中にある椅子に連れていき、座らせる。

受け取ったコーラをごくりと飲みくだすと、炭酸がしゅわしゅわと喉を通って心地が良かった。

ふぅ、と一息つくと落ち着いた。落ち着いた頭でもう一度チケットを見る。チケットは相変わらず何の変哲もないチケットだった。

「大丈夫？　映画見れるかしら」

「大丈夫、さ。ちょっと眩暈がしただけだからな」

やっぱり買ってきたのか、チュロスを片手に妻が心配そうに声をかけてくる。

最近色々変だ。疲れるし、味も変に感じることがあるし、とうとう幻覚まで見始めた。これはとうとう危ないのかもしれない。

だが俺にできることなんて、日常生活を送り続けることだけだ。ゆっくり寝てればきっと治る。

「ほら、上映がはじまるぞ」

そう言って手を伸ばすと、妻は俺の手に自分の手を重ねた。

少し強引にひっぱって、俺はチケットの指すスクリーンを目指して歩く。

……ちらりと見たチケットが、ほんの少し蠢いたような気がしたのは気のせいということにして。

ジリリリリと思わず耳を塞(ふさ)ぎたくなるような大きな音が鳴って、上映が始まる。

今時こんな音を鳴らす場所があるのか、と思ったが、妻は大して気にしていないようだ。

幕があき、予告が終わると本編がはじまる。

映画は純愛とは聞いていたが、何か悲恋のようにも見えた。

はじめは幸せそうなカップルが登場する。二人ともとても幸せそうで、いつも笑顔だ。

それが段々少しずつおかしくなっていく。彼氏が彼女と会わなくなっていき、次第に喧嘩(けんか)が多くなっていき……そして破局する。ただそれだけの話だった。

カップルがそこから幸せになることもなく、ただただ終わる。監督がどうしてこんな映画を作ったのかはわからない。〈空に夢見し〉というタイトルも意味がわからなかった。

関連があるとすれば、ラストシーンで男が空を見て何か悲しそうに一言呟いただけだった。

それすらもよく聞こえない言葉だ。ちらりと妻の方を見ると、妻はぽろぽろと涙を流していた。

俺としてはこのまま悲恋で終わってしまったことに落胆なのだが、悲恋ということが泣けるのだろう。

エンドロールが流れ、上映が終了する。灯(あか)りがつくとともに立ち上がる人がちらほらと出始めた。

俺達も出ようと妻に声をかけると、妻は顔を下にして俯いて泣いていた。

「おいおい、そんなに泣けたか？　この映画」

確かに幸せから一転、不幸になった二人だが、そこからの復帰もなくただ終わってしまい、感情移入が上手くできなかった。

「ちょっと、ね。内容が自分のことだったらなんて考えちゃって」

妻が涙を手で拭いながら答える。確かに自分のことと考えると悲しくもなるだろう。

幸せだったのに、何故か徐々に歯車が狂いだして止まらなくなり、そして幸せが終わってしまうのだから。

「馬鹿だな、俺達とは違うじゃないか」

現実と混同してしまうのは妻の悪い癖だな、と思いつつも慰める。

ぽんぽんと頭を撫でると、妻は落ち着いたのか泣き止んだ。

「そうよね、私達とは違うもの……違うんだから」

何故かその顔は納得していなさそうな、そんな悲しそうな顔だった。

「ねぇ、アナタ。アナタは私のこと……愛してるかしら」

映画の雰囲気に感化されたのか、妻が顔を伏せたまま俺にそんなことを聞いてきた。

愛しているか？　それはもちろん妻なのだから愛している、というのが正解で当たり前なのだろう。なのに。

「俺は……」

言葉が、出なかった。

簡単で普通の言葉。いつもすぐに出てくる言葉が何故か出てこなかった。

出そうと思っても、まるで喉に何か粉がねっとりと絡みついたかのように声が出ない。

このままではいけないと焦るが、それでも声は出てはくれなかった。

一向に何も言わない俺に対して、妻は傷ついたような顔をして俺を見てそして目を逸らした。

それでも俺は……妻に慰めの言葉一つかけてやることができなかった。

普通なら馬鹿みたいに言葉が出てくる口は、こういうときに限って何も出てきてはくれない。

妻を労(いた)わることもできない自身の口に怒りさえ覚えたが、何も出てはこなかった。

まるで俺からその選択肢が消えてしまったかのように。

ただわかることは、俺のその態度は妻を激しく傷つけてしまった、それだけだった。

*

目の前を妻が忙しそうに歩いている。どうやら家の整理をしているらしい。

何も俺が休みの日にしなくてもいいと思うのだが、妻曰(いわ)く「アナタがいないと重い荷物を動かせないじゃない」らしい。

貴重な休日も労働に駆り出されるのはいかんせん不服だが、これも家庭円満の秘訣(ひけつ)だと思えば仕方がないだろう。

妻が俺がプレゼントした白いエプロンを着て忙(せわ)しなく動いている間、俺は何をしているのかと言えば何もしていない。特にすることがないからだ。

と言うより、何かしようとしたら妻に「そこに座ってて」と言われてしまったからだ。

俺としてはここでじっとしているのも嫌なのだが、下手に動いて邪魔扱いされるのも忍びない。

「アナタ、悪いけど物置を整理してくれるかしら」

そろそろ暇過ぎてどうにかなってしまいそうだ……そんなことを考えていたらようやく妻からお呼びがかかった。

今回の仕事は物置の掃除らしい。

この物置は普段俺はあまり入らないから俺が整理しても仕方ないというかよくわからないと思うのだが……。

「ちょっと最近物置に入るの嫌なの。まっ白いからかしら？」

そんな妻のよくわからない我侭に付き合うのも夫の仕事かと物置の扉を開ける。

物置の扉はただの部屋の扉にしては少し重い。あまり人の行き来を想定しなかった結果だろうか。

「綺麗だと思うんだがなぁ」

物置の中は思っていたより綺麗だった。

確かに、ここは妻がたまに解体作業をするので清潔にしておかなければいけない場所なのだろうが、それでも綺麗すぎた。

コンクリートの白い壁はとても白い。そこで解体作業をしてるなんてとてもじゃないが思えないほど白い。

白い、白い白い白い白い白い白い白い白い白い白い白い白い白い白い白い白い……赤い。

……赤い？

何が……赤い？

そうだ、血が赤いんだ。

飛び散った血が赤いんだ。

でもおかしい、妻はここで解体する時はブルーシートを壁にまで広げて血が壁や床に飛び散らないように工夫していたはずだ。

だから……血なんて見えないはずなのに。

「う……」

辺りに漂ってくる血生臭さが俺の胃を刺激する。

血生臭い、何かここはとても血生臭い。換気もきちんとしているはずだし、さっきまで血の匂いなんてしなかったはずなのに何故か今はとてつもなく生臭かった。

「この臭いは何だ……」

臭いの元を辿ろうと、物置の中を見回す。

物置の中にはいくつかの段ボールと、布を被せられた物体ぐらいだ。

その中の、段ボールと対角線上に置かれた布を被せられた物体からその臭いはしていた。

「……？」

おそるおそるその物体に近づく。何だろうかこれは。妻が解体した動物をそのままにしていたのだろうか。それなら妻が先に気づくだろうし、何より入ったときにすぐに気が付くだろう。

……何より、こんな物は入ったときには部屋にはなかったはずだ。あるのは数個の段ボール、それだけだったはずなのに……。

その得体のしれない物体まであと一歩、というところで中のモノがぴくりと動いたような気がした。

慌てて距離をとって観察してみるも、何も反応はない。もしや泥棒の類かと思ったが、その物体の大きさは小さく、小さな段ボール一つ分ぐらいのサイズしかなかった。

……もしかして中には動物が入っているのだろうか。妻が持って帰ってきた動物が入っているのかもしれない。大きさ的に鶏なんかが当てはまりそうだ。

しかし何故生きたまま放置しているのか？　と聞かれても答えようがない。俺の中にはその疑問の答えはなかった。

残された手段と言えば、被せてある布を取り払って中の物を実際に見てみることぐらいだろうか。

そろりとまた近づいて、布の端を手に取る。布は何やらすべすべしている素材でできていた。

そぉっと布をひいていくと、少しずつ中の物があらわになっていく、見えてきたそれは予想外な……銀色の物質だった。

「なんだ……これは」

完全に布を取っ払うと、そこにあったのはただの銀色の……丸い物体だった。

いや、丸いというのは違う、半球だ。何か大きな皿の上に銀色の半球が乗っている。半球の天辺には突起があった。

俺はこれを見たことがある。……そうだ、ラ・クロッシュだ。ラ・クロッシュと言うのは料理を埃(ほこり)などから守るための卓上用蚊帳の洋風版と言ったところだろうか。

ホテルでルームサービスなんかを頼むと、料理が運んでいるうちに冷めないように、そして埃が入らないように被せられているものだ。

うちの家には妻が料理をよくする都合上、こんなものまである。

だが、何故それがこんなところにあるのだろうか。

これがラ・クロッシュだとするのだとしたら、その下にあるのは恐らく皿だろう。

だとしたらこの皿は床に直置(じかお)きされていることになる。

妻は料理を盆に乗せでもしない限りそんなことはしない。だからここに置いたのは妻ではないはずだ。

じっとラ・クロッシュを観察していると、どうやら血生臭さはその中からするようだった。

この中にある……恐らく料理だろうか、から臭いがするのだ。

目の前にある物体からその臭いがする以上、気持ち悪さなどは置いておいて確認するしかない。確認せずに放置して酷いことになっても困るからだ。

ゆっくりと、ラ・クロッシュの突起部分を握る。ラ・クロッシュ自体はそんなに重くはない。が、何故かまるで石でも持ち上げるかのように重く感じられた。

少しずつ少しずつ持ち上げる。一気に持ち上げてしまわないのは、その中の物を見るのが怖いからだろうか。

ラ・クロッシュと皿は床に置いてあるので俺より低い位置にある。

だからラ・クロッシュをかなり持ち上げないと中の物は見えない。

見えない物を想像しながらラ・クロッシュを持ち上げていく。その中の物が単なる処理をミスした肉であることを祈りながら。

見たくない、でも見なくてはいけない。そんなジレンマに冒(おか)されながらも俺の手は徐々にあがっていく。

ラ・クロッシュはほとんど持ち上がっていた。後は蓋(ふた)を開けるようにずらせば中の物が見えるだろう。

ラ・クロッシュをずらす。中の物があらわになる。

……それは

――――人の、頭部だった。

生気を失った目はどこを見ているかわからない。青白い肌はその頭から血が抜けていることを教えてくれる。

茶色い肩にかかる程度の長さの髪をわけるようにして頭頂部が二つに割られている。

中からは白い……灰色のような……そんなぬるぬるしたものが見えた。

まるでドラマの小道具のような、マネキンのように見えるそれは、だがしかし髪の毛にこびりついた血が、現実だと思わせる。

……そう、これは人の頭部の料理だった。

「う……うわぁああああああああああああああああああああああああああああああああ！」

叫ぶ、心の底から叫ぶ。今見てしまったものを忘れようと。

何だこれは、何故こんなものがこんなところにあるのだ。

人の頭部が、しかもまるで料理ですと言わんばかりに皿の上に乗っている。

よく見れば丁寧にデコレーションまでされているようだ。

そんな細かいところまで目をやってしまい、思わず吐きそうになってしまう。

だってそうだろう、こんな……人の酷い姿を見るのなんて人生に何度もあるわけないのだから。

たとえ、一度見ていたとしても。

気持ち悪い、正視するにたえないそれを何故か見てしまう。何かに気づいたからだ。

「あ……」

そして分かった。完全に表情を失い、また体を失くし頭を切り開かれた状態では中々わからなかったが、これは……こいつは……。

「み……ゆき…………」

みゆき、だった。俺の浮気相手の。

何故こいつがここにいるのかわからなかった。

何故こんなところで死んでいるのかわからなかった。

何故こうして料理されているのかもわからなかった。

何もかも、わからなかった。

気が付くと、白い部屋が赤く染まっていた。そう、血で赤く染まっているのだ。

ここで何が起きたのだろうか。全てが赤に染まったこの場所で。

そう、確かここで俺は……俺は…………。

「あ、あああああああああああああああああああああああ」

頭が混乱し、ぐちゃぐちゃになる。思い出そうとしても思い出せない。

ただ気持ち悪さと頭痛が俺を苦しめる。体の倦怠感、怒り悲しみ苦しみ、全てが混ぜこぜになって俺を襲う。

その感覚に耐えられなくて、俺は床に座り込んだ。

しかしその所為(せい)でみゆきの頭と距離が近くなった。それが耐えられなくて、俺はあろうことかみゆきの頭が乗った皿を蹴(け)り飛ばした。少しでも離れたかったからだ、現実と。

それでも転がったみゆきの頭がこっちを見る。

何だその目は、俺を責めているのか。俺を責めるのはお門違いだろう。

だってお前は、お前は俺を、俺を俺を俺を俺を俺を俺を俺を俺を俺を——。

「どうしたの？　アナタ」

発狂しそうになった寸前、俺を呼びかける声で引き戻される。

ぜいぜいと息をし、辺りを見回すとそこはいつもの白い物置部屋だった。

血なんてない。ただの白い部屋。

慌ててみゆきの頭部があった辺りを見てみたが、そこにも何もなかった。

ラ・クロッシュも皿も、白い布すらなかった。最初から何もなかったかのように。

「急に叫ぶからびっくりしちゃった。虫でも出たの？」

妻が心配そうに聞いてくる。

それが鬱陶しくて邪険にしてしまう。

「大丈夫だ、何でもない……何でもないんだ」

「……アナタ最近変よ？」

「何でもないんだ……少し放(ほう)っておいてくれ」

そう言って顔を背けると、妻は不服そうに物置部屋から出ていった。

パタン、と物置部屋の扉が閉まる。

しーんとなった部屋で改めて先ほどまでの光景を思い出す。

ただの幻影にしてはやけにリアルだった。

まるで、本当にみゆきが死んでいるかのようで。

俺はみゆきに死んでほしいとでも思っているのだろうか。

それはないだろう、何故なら俺はみゆきから離れられないからだ。

俺はみゆきのことを……。

そこまで考えて頭を振る。

ぐずぐずしていたらまた妻が様子を見にきてしまう。それまでにこの部屋の整理を済ませてしまわなければ。

段ボールを整理している間、時折ことりと音がしたが、俺はその音がする方向を見ないで作業を進めた。

*

翌朝、目が覚めるも体が何となくだるかった。

最近毎日がそうだ、鬱陶しい。

それでも会社には行かなくてはいけない、俺は起き上がって居間の方へと歩いていく。

台所では妻が朝食の準備をしているようだ、しかしもう俺は起きている。俺が寝ている間に何故朝食ができていないのだろうか。

俺は妻に怒鳴る。妻は委縮して何度も何度も謝るが、俺はそんなことでは許さない。

妻の頭を軽く叩く(たた)と、俺は妻に言った。

「今日は朝食は食べない」

そう言い残して居間を出ると、妻は慌てて俺を追ってきた。ほんの少し泣いているところが癪にさわる。

「せめてどこかでご飯を食べて」

「俺の勝手だろ！」

妻の懇願を遮って叫ぶ。

どこで俺が何を食おうが俺の勝手だ。

例え俺が何も食わないと選択してもそれは俺のことなんだから放っておいてくれと思う。

そのまま布団に包まって、出社時間まで寝ることにした。どうせ起きていても苛々するんだ、ならば起きていても仕方がない。

俺がまどろみにうつらうつらとしていると、妻が傍で泣いている気配がした。

「何で……何で前と同じに…………」

ああ、鬱陶しい。今日はこのまま会社を休んでやろうか。

しかし会社は休むわけにはいかない。無駄に休んでいては上司の覚えも悪くなるからだ。

何で俺はこんなことをしているんだ、しんどい、だるい、くるしい。誰かどうにかしてくれ。

ああ、どうにかしてくれるのは確かみゆきだったな。そう考えて起き上がる。みゆきに会えない今、とっとと会社にでも行ってしまった方がいいような気がしたからだ。

妻が甲斐甲斐しく世話を焼くのを鬱陶しく思いながら、大ざっぱに用意をして家を出る。

会社について仕事に没頭してしまえばこの苛立ちもなくなるのだろうか。

そう考えながら俺は家を後にした。


「ただいま」

妻のおかえりの言葉を待たずに家に入る。

慌てて妻がばたばたと玄関にやってくるが、それをスルーして俺は寝室へと移動した。妻を待つ義理なんてない。

今日は仕事もミスをするし最悪だった。

上司にも叱られるし良いことはなかった。

何しろ朝からずっと倦怠感が俺を襲うのだ、そりゃあやってられないだろう。

頭痛までしてきたのに早退しなかったのを褒めてほしいぐらいだった。

昼に風邪薬だの栄養ドリンクなどを無理に飲み込んだが、症状は悪くなる一方だった。

仕事に集中していても体がしんどくて社内を移動することすら厳しかった。

こうやって家に帰ってくること自体が苦しかった。

「大丈夫？　アナタ」

妻が心配そうに俺を気遣うのがやけに気に障る。

どうせ心配しているフリなのだろう、そんな疑いの気持ちまで芽生えはじめていた。

「今日はこのまま寝る」

そう告げて朝と同じく布団に包まった。

朝からしていた頭痛はより一層激しくなっていた。

そして何かむず痒いような、そんな感覚も増えていた。

気持ち悪い、吐き気がする。風邪だろうか、しかし今は風邪をひくような季節じゃない。

何か必要なことを忘れてしまっているような、そんな焦燥感が全身を覆う。

大事なことではない、だが忘れていてはいけないことを忘れてしまっているような、そんな焦り。

それが気持ち悪さの原因なのだろうか。

昼に薬を飲んでも治らなかったソレを少しでも緩和するために俺は目を閉じた。

眠りさえすればこの苦しみから逃れられるからだ。

……起きたらまたこの苦しみがはじまるのかもしれないと考えると嫌になるが。

ああ、いつからだろうか、毎日の苦しさから逃れるために少しでも早く眠ろうと思い始めたのは。

そして、みゆきに会えばこの苦しみから逃れられると知ってからはこの家で眠らなくなったのは。

暗闇の中で何かが見える。

それは真っ暗な中で黒いのに、蠢いているのがよくわかる、不思議な物体だった。

次に目が覚めたらその何かを思い出せそうで、俺は無理やり眠りへと自身を持ちこんだ。

閑話　料理

――これは、眠る前の話。二人が眠る前……幸せな夢を見る前の話。


体の痛みに目を覚ます。

ここはどこだ？　頭が痛い。

辺りを見回すとそこは何の変哲もない部屋だった。

ただその部屋は窓もなく物もほとんど置いていない……あるとしたらコンクリート片が幾つか転がっているだけの部屋だった。

後は白い壁に白いドアが一つ。ただそれだけの部屋だった。

どこかで見たことがある……そう感じたが、最近記憶力の落ちた自分の頭ではここがどこかはわからなかった。

何故こんなところにいるのだろう、そう考えて立ち上がろうとするも体は動かなかった。

「……っ!?　縛(しば)られているのか……？」

腕が縛られて座っている椅子に固定されていた。足も同様に椅子の脚に縛り付けられていた。

外そうとガタガタと椅子を揺らしてもがくが、きっちり縛られているようでびくともしなかった。

ともすればすぐに外れてしまいそうなぐらい緩（ゆる）く縛られているのに、だ。

何度か揺らしても外れる気配のないそれに俺は諦（あきら）めて大人しくすることにした。

揺らし過ぎてうっかり椅子ごと倒れるのを避けたかったからだ。

それより、今の状況を判断することが大事だろう。

少なくとも椅子に縛られて監禁されているような状況なんて普通ではない。

俺は監禁されるような仕事はしていないし、金もそんなに持っていないからわざわざこんなところに縛り付けておく必要もない。

そして手を出したら怒りを買いそうなところにも手を出した覚えはない。

状況を整理しようとして考えたが、一向に解決の糸口どころか原因すら思いつかなかった。

そもそも何でこんなところにいるのか。昨日のことを思い出そうとしたが、薄く霞（かすみ）がかっていて良く思い出せない。昨日は確か仕事の帰りに居酒屋に寄ってそして……。

そこからの記憶はなかった。かろうじて二軒目まで行ったことは覚えているが、それ以上のことはどうやっても思い出せなかった。

何も思い出せないことに苛立ちを感じ始めたころ、背後に何かの気配を感じた。

「お目覚めのようね」

「誰だ！」

いきなり声をかけられて、思わず声を荒らげてしまう。いけない、ここにいるのが誰であれ、俺以外のものであるならば機嫌を損ねるのは悪い方向にしか行かないというのに。

けれどその声の主は気にしていないかのように俺の前に回り込んだ。

「誰だ、とは酷いわね。私よ私」

にっこりとほほ笑んで俺の方を見るのは女性だった。

ロングの黒髪にお洒落(しゃれ)を感じさせないニットのセーターにスキニーパンツ。俺はこの女を知っている。

この女はそう……。

「さゆり……」

「思い出してくれたのね、そうよ、私はさゆり」

俺が名前を呼ぶと、さゆりは嬉(うれ)しそうに笑った。

さゆりは俺と同じ年の妻で今は別居中の人物だ。だからここになんているはずがないのに……何故ここにいるのだろうか。もしかしてさゆりが俺を縛り上げた張本人なんだろうか。

「何のつもりだ！　さっさとこの縄を外せ！」

相手がさゆりであれば遠慮する必要はない、俺は前の時のように叫ぶ。

しかしさゆりは委縮するどころか笑っていた。

「いやぁよ、だって縄を外したらアナタ、すぐ逃げるでしょ？」

「当たり前だろう！」

くすくすと、口に手を当てながら笑うさゆりに苛立ちを感じる。しかしそれと同時に恐怖も感じた。さゆりは一体俺に何の用なのかと。

何しろ俺とさゆりはもう離婚寸前の夫婦。有責は確かに俺で、別居はじめの頃はしきりにさゆりは俺に連絡をとってきていたが、最近は全然連絡をしてこなくなったのだ。だから諦めたとばかり思ったのに。

ぞくり、と背筋を冷たいものが走る。

まさかさゆりは……俺を恨んで殺そうとしているのではないだろうか。

そうでなければこんな誰も来ない、外から中の様子はおろか、中から外の様子すら見えない場所に俺を監禁する必要もないだろう。

ここであれば俺を殺しても誰にも見つからない。ここでゆっくり俺を解体して捨て去っても俺は単なる行方不明者だ。

もちろん俺が行方不明となったら怪しく思われるのはさゆりだろう。何かの拍子に俺の死体が見つかってそこからさゆりが捕まるかもしれない。だがしかし捕まるのが俺が死んでからでは何もかも遅いのだ。

さゆりの目は普通ではなかった。

俺を殺して捕まることも厭(いと)わない、そんな目をしていた。

その目の奥の闇(やみ)が恐ろしくて、俺はとれるはずもないのにさゆりと距離をとろうとした。

がたっと椅子から音がする。それを目ざとく見つけたさゆりは俺に近づいてにこやかに笑った。

「何怯(おび)えた顔してるの。心配しなくても私はアナタを殺したりなんかしないわ」

にこにこしながらさゆりは言う。それを信じろという方が難しいだろう。

「じゃあ、何のために俺を縛っているんだ」

そう、全ては俺を縛っている。それに尽きる。

何か話し合いがしたいのであればこんな手段をとる必要はないからだ。

確かに話し合いを避けたりはしたが、こんな方法では話し合いも何もないだろう。

はいはい言うことを聞いてもらえても、終わったと同時に反故にされるのがオチだ。

だから俺には、さゆりが俺をどうしたいのかなんてさっぱり思いつかなかった。

「アナタに私の手料理を食べてもらいたくて……。アナタの大好きなものだから遠慮なく食べて」

さゆりの回答は、あっけらかんとしていながら納得のいくものだった。何故なら。

「ふざけるな！　お前の手料理なんか食べたくない！」

俺はさゆりの手料理なんて食べたくなかったからだ。

何を好き好んで別れる予定の妻の手料理を喜んで食べる夫がいるのか。特に夫側が別れたいと思っているのに食べても良いと言う夫がいるのならば見てみたいものだ。

「いーえ、ダメ。食べてもらうわ。じゃないと私、アナタをここから出してあげないから」

さゆりの口端(こうたん)が持ちあがり、半月状になる。その不気味な表情に俺は恐怖した。

笑っているのに笑っていない。矛盾(むじゅん)したその表情はとてつもなく気味が悪かった。

……さゆりは俺が料理を食べなければ殺すつもりだ、そう俺は思った。

有無を言わせない雰囲気に俺はやけになって叫んだ。

「た……食べる！　それならいいんだろ？」

もう俺の前には食べる以外の選択肢はなかった。縛られていて誰とも連絡がとれない以上、さゆりに逆らっても何もできないからだ。

「はじめから素直にそう言えばいいのよ」

そう言うとさゆりはそのまま部屋を出ていった。おそらく料理を運んでくるつもりなのだろう。

パタン、と扉が閉じてようやく俺は一人になれた。なったとしても何も状況は変わらないのだが。

ちくしょう、ここを出たらすぐに警察にかけこんでやる。俺はそう決意していた。

出られるかどうかの保証もない今だが、そうでも考えないとやっていけなかった。

そもそもさゆりは何故今頃こんなことをしてきたのだろうか。もう離婚も成立しかけているというのに。

まさかよりを戻そうとでも考えているのだろうか。だがそんなことは何をされたってできるわけがない。

俺には今彼女がいるのだ。彼女はさゆりと違って元気な女で、その活発さで周りを元気にしてくれる。できるなら俺は早くこんなところを出て彼女に会いたい。

俺は彼女と離れられないのだ。何故かはわからない。離れたら俺の心は途端に苦しくなる。だから俺は彼女と離れられない。

彼女の名前はみゆき。さゆりの妹である。

初めは妻の姉妹（しまい）を相手にとは思ったが、そんなのはみゆきが消し飛ばしてくれた。

みゆきは私の傍にいたらもっと楽しいわよ、と言った。確かにその通りだった。

一時期みゆきを毛嫌いしていた時期もあったが、一度みゆきに会うと何でもっと早く会わなかったのだと後悔させられた。それぐらいみゆきは魅力的な女性だった。

一度みゆきに会った後は、何度も会いたかった。何故かみゆきに会わなければならないと思った。事実みゆきに会わなければ体が凄く苦しかった。体調も悪化していった。それぐらいみゆきは俺にとってなくてはならない存在だった。

だから今更さゆりとよりを戻すなんて考えられない。みゆきがいないと俺はダメになってしまうのだから。

「お待たせ」

そんなことを考えると、さゆりがゴロゴロと幾つかの料理を入れた配膳台を押して入ってきた。料理にはラ・クロッシュが被せてあり、何の料理かはわからない。

しかし料理からは良い匂いがしており、そういえばさゆりは料理が得意だったなぁと思った。けれど油断はできない。たとえ良い匂いがしていたとしても腐(くさ)っていたり針が混入されているかもしれないのだ。よりを戻すことが無理ならと考えていてもおかしくはないからだ。

「あら、そんなに緊張しなくても中に有害なものは混じってないわよ。針とか毒物とか……一回は考えたんだけどね」

やっぱり考えてやがったか。でもこの料理には入っていないらしい。だとしたら何の料理なんだ？

こいつが普通の料理を出すとは限らないし……。匂いからして肉料理らしいが。まさか俺の嫌いな癖の残る羊の肉を山ほど出してくるわけじゃないだろうな。

そこまで考えてさゆりを睨んでいると、さゆりは俺の視線に気づいたのか俺を見てふっと余裕ありげに笑った。

「さて、と。じゃあ食べてね。私が料理上手なの知ってるでしょ？　そうね……この料理ならあの子にだって負けないわ」

さゆりがラ・クロッシュに手をかける。中から出てくるのは何だろか。さて、鬼が出るか蛇が出るか……。

「この料理はね、アナタの今一番好きなモノよ」

被せられていたものがゆっくりと外される。中の皿に盛られていたのは……。

い・た・っ・て・普通のステーキだった。

「は……はは…………」

ほっと息を吐く。緊張していた体が落ち着いていく。

何だ、驚いて損した。さゆりは少し頭がおかしいだけなのだろう。

きっと本心から料理を食べさせようとしているだけなのだ。

さゆりは昔から自身の料理にだけは絶対の自信を持っていた。俺と別れて少し頭がおかしくなってしまったさゆりは、また俺に料理を食べさせよう、そう思っただけなのだろう。

もしかしたらそれでまた元鞘に戻れるのではないかと考えているのかもしれないが、どちらにせよ俺が料理を食べたら満足するだろう。そうとなればさっさと食べてみゆきのもとに戻ろう。

「今回の料理はね、フルコース。とは言ってもアナタの今一番好きなものでフルコースを作ったから前菜とかはないわ。単なる肉料理の羅列ね。デザートはあるけど」

さゆりがふんふんと機嫌よく説明をする。料理に関するときのさゆりはいつもこうだ。

フルコースなのに肉料理ばかりというのはどうかと思うが、俺の好きなものばかりという方向に突っ走ってしまった結果だろう。

「どうでもいいから縄をほどいてくれ、このままじゃ食べられない」

縄を軋らせながらほどくように言うが、さゆりがゆっくりと首を振った。

「だめよ、縄をほどいたらきっとアナタ逃げるに決まってるわ。最後のデザートが一番おいしいのに」

一抹の期待を胸にさゆりに提案してみるが、即却下されてしまう。

縄さえほどいてもらえばこっちのもの、非力なさゆりぐらいものともせずにこの部屋から出られるというのに。

だがしかし俺のそんな考えはとっくにさゆりに見透かされていたようで、さゆりは俺が何を言ってもほどいてはくれなかった。

……ちっ、フルコースと言ったら長いじゃないか。

頭が少しおかしくなったこいつのことだ、途中で何か仕込んでいる可能性もあるというのに。

「ほら、アナタ。あーん」

さゆりが肉を切り分けて俺の口に持ってくる。ここで拒否するとさらにややこしいことになりそうなので俺は素直に食べた。

「どう？　美味(おい)しい？」

「ああ……美味(うま)い」

肉は案外柔らかく、少し大きめに切られているがすんなり口におさまる。

咀嚼(そしゃく)すると肉汁が溢(あふ)れ出て口の中をいっぱいにした。

レアで仕上げられたその肉は、丁寧に調理したのだろう、旨味(うまみ)が中に閉じ込められていた。

油分が多いのか口の中で溶けていく感覚がするのに、油分で気持ち悪さを一切感じさせない。逆にさっぱりとした感じもするぐらいだ。

恐らく肉にかかっているソースが肉の脂っぽさを中和しているのだろう。だがソースの味は薄目で、肉本来の味を邪魔するほどではない。絶妙な加減だった。

上質な肉なのだろうか、それともさゆりの調理の仕方が上手いのか。俺はその両方だろうなと思った。

そういえばさゆりは料理がとても上手だ、それこそプロの料理人を凌(しの)ぐぐらいに。

もぐもぐと、口に入れられる肉を噛(か)み砕(くだ)く。この肉は何だろうか、牛のヒレよりも柔らかいこの重厚な味のする肉。牛でも豚でも鶏でもなさそうだ。

今度調べてまた買ってみよう。そう考えさせるぐらい独特な……美味しい肉だった。

「お次はねぇ、コレよ」

フルコースと言うだけあって、一品一品の量はとても少ない。だからすぐに食べ終わることができる。

あれだけ美味しかったステーキがすぐになくなってしまったことに悲しさを覚えつつも、次の料理に心が躍る。次はどんな美味しい肉料理が出るのだろうかと。

さゆりが次の皿のラ・クロッシュをとる。中に入っていたのは数本のソーセージだった。

「これはね、合成皮じゃなくて、本物の内臓を使っているのよ」

ソーセージは羊などの腸の皮にミンチ肉を詰め込んだ料理だ。羊の腸と言っても現代ではそうそう大量に手に入るわけでもなく、またコスト的にも割りにあわないらしく、合成された食用皮にミンチ肉を詰めて売られていることも多いらしい。

さゆりが楽しそうに笑いながらソーセージにフォークを刺す。

さゆりがフォークを刺した瞬間、ソーセージからパシュッといい音がして肉汁が薄(うっす)らと飛び出す。

それを見るだけでも涎(よだれ)が出てきた。

口を開けて、ソーセージが中に放り込まれるのを待つ。

アツアツのソーセージが口に入れられると、即座に歯でソーセージを噛み千切った。

途端に先ほどとは比べものにならないほどの肉汁が口の中を支配した。濃厚な味が俺の脳を揺さぶる。ぱつり、と皮を噛み千切る歯ごたえも気持ちがいい。中のミンチはミンチだからこそなのか肉と肉汁がせめぎあって、まるで皮の中に肉のスープでも入っているかのようだった。

美味しい。本気で美味しい料理だった。

本当は怪しい元妻の手料理なんて食べたくないが、この料理は別だ。

一生に一度食べられるかどうかぐらい美味しいものだった。

こんな料理が食べられるならいくらでも出しても惜しくはないだろう。

ソーセージを食べ終わった後も料理は次々に出てくる。

一品一品が出てくる度に次は何だろうと考えた。あまりにも美味しい料理に期待は高まっていくのに、それに呼応するかのようにどんどん期待を裏切るほど美味しい料理が出てくる。

出てきた料理は唐揚げ、ホルモン焼き、骨を出汁(だし)にとったスープ、生レバーなど豊富だった。

唐揚げ一つとっても中が柔らかいのに外はカリッとしていて、どれも肉汁がたまらなかった。

ホルモン焼きは変わった味がしたが、それもまた珍味のようで美味しかった。出汁をとったスープに浮いていた肉はよく煮られ、舌でも千切れてしまう程の柔らかさだった。もちろんそのスープは言わずもがな、深いコクと飽きないさっぱりとした味が内臓を癒(いや)していった。

生レバーも血抜きをしっかりしてあり、しゃくりしゃくりとした感触がたまらなく舌を震わせた。たくさんたくさんの肉料理。俺は幸福だった。これほど美味い料理なんて今まで一度も食べたことはなかった。

さゆりがこの料理を作ったというのは癪だが、逆に何故今までこの料理を出さなかったのかとまで考えるようになった。

こんなに美味しい料理なのだ、しかもたくさんの肉料理。毎日にわければ一か月は楽しめそうだというのに何故今まで食卓に上ることがなかったのだろうか。

カンガルーの肉のように手に入りにくい肉なのだろうか。しかしこれほど美味しいのだ、養殖だのなんだのされるはずだろう。

俺が何故だろうと首を傾げていると、さゆりが歌を口ずさみながら料理を運んできた。

「さぁ、最後はデザートよ。滅多に食べられないんだから。冷えた豆腐みたいでとっても美味しいわよ」

最後の料理もラ・クロッシュが被さっていた。

俺の期待はいやが上にもあがっていく。最後の料理……デザートは何なのだろうか。

冷えた豆腐みたいな食べ物とはいったいなんだ？

それは一体どれぐらい美味しいものなのだろうか。

思わずゴクリと喉が鳴った。

早く食べたい食べたい食べたい。その美味しい料理を。どうやったって美味しいはずなのだ、目の前の料理は。だったら早く食べたいと思うのも仕方がないだろう。

「はーい、今夜のデザートは……これでーす」

さゆりがゆっくりとラ・クロッシュを持ち上げていく。ラ・クロッシュの陰で中がよく見えない。

何やら大き目のものが皿の上に置いてあるようだ。

少しずつ持ち上がると同時に白い霧みたいなものが中から溢れ出てくる。ドライアイスだろうか。

料理は全て最初に運ばれてきている。他の料理も携帯燃料などで温められてから出されたのだ、恐らくこのデザートも冷たさを維持するためにドライアイスが使われているのだろう。

そのデザートを一目見たい。美味しいデザートを。

そう思って中があらわになるのを今か今かと待ちわびる。

それは甘いのかそれともさっぱりしているのか。豆腐みたいと言うからにはさっぱりした味わいを持つものなのだろうか。感触はどうだろう、ぷるるんとしていてプリンのようなものなのかそれともゼリーのようにほんの少し弾力を持つものなのだろうか。

気になる。ああ、早く一口でいいから食べさせてくれ……っ。

ラ・クロッシュという蓋が完全に持ち上がる。ドライアイスの煙が立ち込めて中の物がよく見えないが、徐々に煙が薄れていき中の物が見えてくる。

はじめに見えたものは茶色いパスタのようなものだった。

高さは30ｃｍほどだろうか、それぐらいのデザートにしては大きなものだった。

パスタのようなものの下には青白い……本当に豆腐かなんかだろうかと思う物があった。

色的には胡麻豆腐が似ているだろうか。これは一体どういう食べ物なのだろうか……。

煙が完全になくなる。それと同時にデザートの全貌が明らかになる。

そこにあったデザートは。

虚ろな目。

開いた瞳孔。

血の気がなくなった青白い肌。

切り開かれた頭蓋。

むき出しの白い脳みそ。

脳みそに刺さったスプーン。

俺の知っている、デザートだった。

「みゆき……？」

思わず声が呟くように出る。

だってそこにいたのは紛れもなくみゆきだった。

確かにそこにいるのはみゆきだった。ただ一つ、おかしな点があるとすれば。

……彼女には首から下の体はなかった。

「あ……な、なんで………」

おかしな点は一つではなかった。おかしな点は探せば探すほど増えていく。

何故みゆきの頭は割られている？

何故みゆきの脳みそにスプーンが刺さっている？

何故体がない？　体は何に・使わ・れ・た・の・か？

ここにみゆきがいることなんて最早些細なことだった。

大事なことはただ一つ。

――みゆきが殺されて頭だけになって俺の目の前にあること。

ただそれだけだった。

俺の頭は混乱した。何が起きているのかわからない。何でこんなことになっているのかわからない。

俺はここで妻に料理を食べさせられていたんじゃなかったっけ？？？？？？？

「一体どうしたの？　そんなに驚いて」

さゆりがきょとんとした顔でゆっくり近づいてくる。

こいつは自分が何をやったかわからないのか!?

「アナタが一番好きなものよ。そうでしょう？　私を捨てるぐらい好きなものなんだから」

さゆりが笑う。気持ち悪いくらいに。

「アナタに料理を食べてもらおうと思ったら、やっぱりアナタの一番好きなものを調理した方がいいじゃない？　……実はね、すっごく悩んだの。だってアナタの好きなものって肉料理だけど、それが最上級じゃないじゃない。アナタが喜んでくれる一番好きなモノってなんだろうってずっと考えていたのよ。そしたらね、名案が浮かんだの！　アナタが今一番好きなモノは私じゃないわ……残念ながらね。だってそうでしょう？　アナタはもう私のことを愛していない。それは仕方ないわ、だって私が至らないことが全て悪いんだもの。たとえあの女が何かしたとしてもね。わかってる、アナタが今一番好きなのはあの女……みゆきでしょう？　それは認めてるの。だからね、アナタが食べてくれるのだとしたらみゆきを材料にした料理なんじゃないかって思ったのよ。でもほら、大正解だったみたい。アナタ凄く美味しそうに食べてくれたわ。本当は不安だったの。アナタが食べてくれないんじゃないかって。でも杞憂だったわ。アナタは心底美味しそうに美味い美味いって食べてくれた……。みゆきには感謝ね。私の手料理をアナタに食べてもらいたいという私の唯一の願いをこうして叶えてくれたんだから。やっぱりアナタはみゆきが一番好きなのね……これでようやく私もふっきれたわ」

さゆりが何かよくわからないことを言う。

一番好きだから一番美味い？　そんなはずがないだろう？　そんなはずが、ない、だろ？

「デザートはねぇ、脳みそなのよ。脳みそってね、猿の脳みそを食べたりする文化もあるらしくて、結構ぷるんとしてて美味しいらしいわ。とっておきってやつね」

さゆりがスプーンに灰色のぐちゃぐちゃしたものをのせて俺の目の前に突き出す。

「ひっ」

思わず叫んでガタガタと椅子を揺らすが、椅子はただ揺れるだけで俺とさゆりの間の距離を伸ばしてはくれなかった。

「しかもDHAたっぷり！　ほら、あーん」

スプーンがゆっくり俺の元に近づいてくる。俺は首を振ってそれを回避しようとするが、俺の頭はほとんど動いてはくれなかった。まるで固定されているかのように。

「ぐっ……っ!!」

口の中に無理やりスプーンを押し込められる。スプーンの上にのっていたものがするりと俺の舌の上にのせられた。

引き抜かれるスプーン、同時に間に挟まれるものがなくなって上顎（あご）が舌とくっつく。

ぐにゅっとした感触がして、何かが壊れる音がした。

ぐちゅり、という音がしてみゆきは潰（つぶ）れた。

思わず吐きそうになるのに俺の口は開いてはくれなかった。

それどころか動かしたくもないのに勝手に動く口。

飲み下したくないのに勝手に飲み込む喉。

俺の体なのに、全てが俺の言うとおりにならなかった。

「美味しいでしょ？」

さゆりが脳に手を突っ込んで柔らかい脳を取り出す。

そして俺の口にそれは入れられ、俺は勝手に咀嚼し飲み込む。

何故なんだ？　俺は何故それを咀嚼する？　それは脳だぞ？　よりにもよって人間の。

ぷるんと柔らかい感触が俺の舌を心地よく刺激する。くちゃくちゃと咀嚼する度に潰れていくものが一人の人間の人生だと思うと背徳心に揺れた。

味は美味しいのだろうか？　よくわからない。もう味覚などなくなってしまえばいい。

繰り返される非現実的な出来事。ああ、ここで狂えたらどんなに楽だろうか。

「はい、おしまい。これで私の料理は終わりよ。全部食べてくれてありがとう」

中身が空になったみゆきの頭の前で茫然としている俺の縄を、さゆりはあっさりといた。

「もうアナタを縛るものは何もないわ。ここから出てって何をしても自由よ」

そう言ってドアの方を指差す。

俺はと言えば、体をガタガタ震えさせて。そして。

「きゃあ!?」

さゆりに向かって襲い掛かった。

そのままさゆりを押し倒し、驚いた顔をするさゆりに向かって握ったスプーンで俺は。

「ぎゃっ！」

さゆりの頭に、スプーンを振り下ろした。

さゆりの叫び声が聞こえてもお構いなしに何度も何度もスプーンを振り下ろす。

さゆりの額が割れて白い部屋に血が飛び散る。

何度も何度も叩きつけるように突き刺すと、血が辺り一面に広がっていった。

……これじゃあ血が出るばかりで埒があかない。

俺は何か使えるものはないかと周りを見回した。

血が飛び散って凄惨たる状態になっている配膳台の上に、綺麗なナイフを見つけた。さゆりが肉を切り分けるときに使ったナイフだ。

俺はそれを手繰り寄せた。

「いぎぁっ！　ぎゃぐがっ！」

ゴリゴリと音がする。ナイフで頭蓋骨を切ろうと試みているのだ。

その頃になるとさゆりは叫び声をあげるだけになった。

さすがに頭蓋骨は堅いのか、ナイフごときでは中々切れない。

それどころかナイフの方が欠けてきた。

これではいけない。もっと何か大きくかち割れるものでないと。

そう思ってもう一度辺りを見回すと、今度は手のひらに収まるぐらいの手ごろなコンクリート片を見つけた。これだ。これなら丁度いい。

転がっていたコンクリート片を拾って堅い殻に叩きつける。これで割れるだろう。

「ぎゃぶっ」

がつり、とかぐちゃり、とか言う音がしてようやく綺麗なピンク色の脳みそが見えてきた。

これだ、俺はこれが欲しかったのだ。

それに口をあてて思いきり啜る。

体面も何も考えない、ただただ思いきりその物体を啜った。

さゆりが大人しくなったのを幸いにひたすら中身を啜る。そういえば脳には神経がないから痛みは感じないいんだっけ？

さゆりは目を明後日の方向に向けている。もう意識もないだろう。

その目は濁っていた。

「ずずずずぅ……ん……？」

散々啜り終えて中身がなくなってしまった。

その他の臓器にはあまり興味がない。

血抜きする道具も解体する道具もここには満足にないのだ。それに調理する人間もいない。

そうなれば残るのは恐らく固くなった肉だろう。そんなものに俺は興味はない。

そして、もっと脳みそが食べたいと思うのは俺がもう戻れないところに来てしまったからだろうか？

もっと脳みそを食べたい。

あの柔らかな肉を食べたい。

食べたい。

人の体の部分で一番興味を惹かれたのは脳みそだった。美味しいのかわからない。味は美味しいとは思うが最上級かどうかはわからない。

ただ、脳みそを啜ると人の人生を啜っている感覚がする。それがたまらなく体を快感に震えさせるのだ。

ああ、今すぐ食べたい。もっと食べたいのに近くには……もう中身のないイレモノが二つだけ……。

どうすればいい？　どうすればあの味が手に入る？

もっと欲しい早く欲しい我慢するなんて耐えられない。

「ああ、そうだ」

全身の禁断症状を持て余しながら、俺は一つの解決策を頭に浮かばせた。

問題ない、最初から俺は持っているじゃないか。

俺は血まみれになった石を持ち上げた。

そしてそれをそのまま俺の頭に打ちつける。

何度も何度も何度も。痛みなんて気にしていられなかった。

これから感じる快感に比べればなんともなかった。

むしろ早くしろと体が叫んでいた。早く出せと。

頭蓋骨なんて邪魔だ、もしかしてこれは貝の殻なのかもしれない。美味しい中身を守るための。

何度も何度も石を俺の頭に叩きつける。血で前が見えなくなったり、血で滑ったりしたが、なんとか頭に穴が開いた。

そこに手を突っ込む。もう痛みは感じなかった。

ぷるんとしたものが手に触れた。これが俺の脳みそだろう。

俺は即座にそれを引きずり出す。容赦(ようしゃ)なんていらない。俺の脳みそなんだから。

じゅる、じゅるり、ぐじゅり。

音をたててそれを啜る。出てきたソレを何度も何度も口に入れる。

ああ、美味い！　なんて美味しいんだ!!

これだ！　俺はこれが欲しかったんだ！

全身が快感でこれ以上ないというほど震えた。こんな感覚、みゆきと会うときにもらえるアレなど比べ物にならない。

「あは、あはははははははははははははははははははははははは！！！」

俺は笑った。

真っ白で真っ赤な部屋で笑った。

大量の血を頭から出して笑った。
何度も何度も自分の脳みそを食べた。
それでも何故か俺は死ななかった。
俺にはもう
俺がおかしいのか
この部屋がおかしいのか
わからなくなった――――――――。

ばたり、と男が倒れる。
そこにあるのは男と女。
動かなくなった男に、寄りそうようにして女の手が置かれている。
狂気で笑ったままの男の顔に対し、女の顔は何とも幸せそうな笑顔だった。
そして女の唇がほんの少しだけ開いた。
声など聞こえない。女はもう生きてはいないだろう、声なんて出せるはずもない。
だから聞こえたのは恐らく空気が漏れただけの音。
……しかし、その音は確かにこう聞こえた。

——さぁ、アナタ。覚めない夢を見ましょう——

第四章「最悪な赤の目覚め」

サイアク
ナ
アカ
／
メザメ

ちゅんちゅん、という鳥の声が聞こえて目覚める。

ぼんやりとした意識の中、今は何時だろうと時計を見ると、時計の針は9時を指していた。

遅刻じゃないかと覚醒（かくせい）しかけたところで、そういえば今日は有給をとったということを思い出した。

今日は……確か……何の日だっただろうか。何で俺は有給をとったのだろうか。

よいせっと体を起こせば、隣にいるはずのさゆりはいなかった。

頭が痛い、体がだるい。最近倦怠感（けんたいかん）が酷（ひど）いから有給をとったのだろうか。いや、それよりもだいぶ前に有給をとった気がするが……。

しかしなんで俺はこんな時間に起きてしまったのだろう。せっかくの有給なのだからもっと寝ておけば良かった。ゆっくり寝れる時間は貴重だというのに。

貴重と言えば有給も貴重なはずだ。俺は何でこんな時に有給をとったんだ？

理由がわからない。さゆりに有給をとったことを話した覚えはあるが、何故（なぜ）かは覚えていない。取るに足らない理由だからだろうか。

物忘れなのか本当に知らないのかはわからない。ただ、有給をとったときはこの日を楽しみにしていたことだけは確かだ。

けれど、今日になってその楽しみは全くなかった。むしろうざったい。

記憶はある、昨日の。でも何故休んだかはわからない。もしかしたらもう少したてば思い出すかもしれない。

「アナタ、起きたの？　具合はどう？」

さゆりがパタパタという足音をさせて寝室に入ってくる。その何気ない動作がやけに今日は気に障（さわ）った。

「ああ」

気の抜けたような返事をして服を着替える。何か、体がとてもざわざわした。

違うだろう、と心がささやく。

ここはお前のいるべき場所じゃないだろう？　と。

イラつく。昨日した会話も今した会話も全部イラつく。

苛立（いらだ）ちや倦怠感が高まっていく。どうしようもないぐらい周りに当たり散らしたくなる。

何で俺はこんなイラつく女と一緒にいるんだ？

さゆりと俺は結婚している。それは変えようのない事実だ。

でも結婚してるからって愛があるわけじゃないだろう？

「アナタ……？　どうしたの？　やっぱり具合が悪いの？」

さゆりが声をかけてくる。それさえも、煩（うるさ）い。

何でだ？　何でこうなっているんだ？　俺は……俺は。

そうだ、俺は。

「ねぇ、今日はゆっくりしたらどうかしら。今日は結婚記念……」

「うっるさいんだよ！！！」

さゆりの声を遮（さえぎ）って、大声で叫ぶ。

それと同時に側にあったものを手で掴（つか）んでさゆりのほうに投げつけた。

投げつけた方向からひぃっと声が聞こえたが、そんなもの聞いている暇（ひま）がなかった。

「何でお前がいるんだよ！　何でみゆきじゃなくてお前なんだよ！」

記憶が、合わない。

何で俺はこんなところにいるんだ？

俺はさゆりと別居していたはずだろう？

朝起きて最初に見る顔はみゆきのはずだろう？

ここは前の俺の家。

別居中のさゆりの家。

だから俺がここにいるはずがない。

「え……アナタ………なんで……」

さゆりが怯（おび）えたように後ずさる。

その姿が、顔が俺の怒りに火をつけた。

「なんでじゃねぇだろうが!!　お前は俺をどうやって連れてきたんだよ!!　お前とはもう別れるっ

て言っただろうが！」

追い打ちをかけるように俺はさゆりの襟元を掴んで揺さぶった。

何で俺はこんな場所にいるんだ！　連れてこられるまでの記憶がわからない。

俺は昨日はみゆきと一緒にいたはずなんだ！

「おかしいよ……だって、記憶……記憶は昔の…………」

さゆりが俺を見て驚愕の表情で涙を流す。泣きたいのはこっちの方だ。

「うるせぇよ！　お前何してんだよ!!　気持ち悪いんだよ！」

ガンガンとさゆりの頭を壁にぶつける。さゆりが「痛いっ」と叫ぶがおかまいなしにぶつけ続けた。

「もどった……の？」

さゆりはなおも変なことを呟くのをやめない。それが更に俺を苛立たせる。

「戻ってねぇよ!!　俺はお前の元になんか戻らないって何度言ったらわかるんだこのボケが!!」

「うそ……ありえない…………」

さゆりがいやいやと首を振る。何が嫌なんだ。俺はこの状況の方が嫌だ。

「ありえないじゃねぇよ!!　お前どうやって俺を連れてきたか言えって言ってるだろうが!!　耳聞こえてるのかよ!!」

散々体を揺すったあげく、さゆりを床にゴミを捨てるかのように投げつける。

たいした抵抗もせずにさゆりの体は床に叩きつけられた。

「い……た…………」

呻（うめ）くその体を蹴（け）り上げて踏みつける。ゴキリと嫌な音がしたが、構わず踏みつけた。

血を吐くその体に床が汚れたらどうしてくれるんだと唾（つば）を吐く。

殴って叩いて床に投げつける。その繰り返しだ。

コイツがどうやって俺をこの家まで運んだかを聞かなければならないのに、苛立ちが先走って暴力ばかりになる。それすらも苛立つ。

昨日は……昨日は確かみゆきと一緒にいて、みゆきの家でみゆきと寝たはずだ。

ん？　待てよ、みゆきと一緒に寝た、というよりみゆきの家に俺がいたのなら、コイツが俺を連れてくる時にみゆきの家に入る必要があったはずだ。

じゃあ、みゆきはその時どうしていたんだ？

「おいっ！」

踏みつけた足に体重をかけながら声をかけると、さゆりの体がびくりと震えた。

「てめぇ、みゆきはどうした!!」

「あ……み……ゆ…………き……？」

かすれた声でさゆりが返事をする。

遅い、答えるのが遅すぎる！

「早く喋（しゃべ）れよてめぇ!!」

もう一回腹を蹴飛ばすとさゆりが唸（うな）る。

ああ、苛立つ。

みゆきはどうしたんだ、みゆきを。俺はみゆきがいないと生きていけないのに。

みゆきに会ってシテもらわないといけないんだ。早くシテもらわないとどんどん苛立ちと倦怠感が俺を支配するんだ。だから早くみゆきに会わなければいけないのに何でこいつは！

「だからみゆきはどうしたって聞いてるんだよ!!」

何度も何度も蹴飛ばす。その度にさゆりの体がはねる。

けれどそんなことは俺には関係ない。俺は早くみゆきの居場所を吐かせなければいけないからだ。

ああ早く早く早く。

会うのに時間がかかればかかるほど俺の体はおかしくなっていく。

さゆりの体を蹴り飛ばす。吹き飛んださゆりが壁にぶち当たる。

そのまま体を何度も何度も蹴り上げる。

一層強く蹴り上げたら、さゆりがごぶりと何かを吐き出した。

苛立ち、焦燥感、吐き気、頭痛、気持ち悪さ、眩暈、倦怠感。嫌な感情がぐるぐると俺を支配していく。こんな状態が長く続くかと思うと死にたくなる。早く、早くみゆきに会うんだ。そしてシテもらうんだ。そうしたら最初の頃のように幸福感や快感はないけれどこの全身を覆う嫌な気持ちは全て取り除ける。

だから、俺のことを好きならば、早く俺を助けろよ。

「もう、いいや」

近づいて、また蹴ろうとしたとき、さゆりが何かを呟いた。

それは諦めなのか、それとも。

さゆりは床に転がったまま呟いた。

その言葉が、やけに恐ろしく聞こえた。

「お……い……？」

さゆりがゆっくりと体を起こす。

動作はゆっくりとしていて、長い髪がさゆりの顔を覆っていて表情がわからない。

「もう、いいよ。記憶、戻っちゃったんでしょ？　何故だか知らないけど」

完全に立ち上がったさゆりの髪は、ありえない程伸びていた。

床につきそうなくらいに伸びたその髪を、だるそうにさゆりはかきあげた。

「せっかく、頑張ったのに」

ゆっくりと、さゆりが近づいてくる。

ゆらり、ゆらりと足取りは覚束ないのに、まっすぐ俺の方へと。その手に包丁を持って。

いつも持っている包丁を、しっかりと握りながら。

……いつも、持っている……包丁…………？

それが、何故か引っかかった。そんなこと、気にしている余裕なんかないのに。

包丁、手に持った、いつも持っている包丁。

おかしい、おかしい、おかしい。

包丁なんていつも持っている人間がいるはずがない。

外を歩けばすぐに警察に通報されてしまう。家の中限定だとしても危なすぎるだろう。

なのに何故俺は包丁をいつも持っていることに違和感を覚えなかった？

よく見ると、その体もおかしい。

さゆりは俺と同じ年のはずだ。なのに、何故……中学生の制服を着ている？

あの制服は俺の中学校の時の制服だったから、よく知っている。

だから、さゆりが今着ているはずがない。

体も、俺が知っているさゆりと違って小柄だ。身長も、低い。まるで中学生のときのさゆりのような体躯(たいく)だ。

そしてせいぜい肩下10ｃｍほどのはずの髪は異様に長く伸びている。

目の色もおかしい。さゆりの目は黒色に少しだけ赤色が混ざった色のはずだ。

こんな……真っ赤な目なんてしているはずがない。

真っ赤な赤い瞳(ひとみ)なんてしているはずがない。人間の目じゃない。

そんな目でいつも見詰められていたはずなのに、何でそれに気づかなかった……っ？

事の重大さに気づき、震えはじめる。おかしい、ここは何かがおかしい。

いつも包丁を持っている。さゆりの体が今と違う。何故中学校の制服をずっと着ているのか。全てわからない。おかしいのに、何でそれが当たり前として存在していたのかがわからない。

さゆりが近づいてくる。足音も何も聞こえない。

それどころか周りの風景もなんだかぐにゃりとしておかしい。

鳥の声や車の音はいつの間にか聞こえなくなっていた。窓の外は真っ黒に塗りつぶされていて何も見えない。まるでこの空間だけがこの世界に存在するかのように。

何も聞こえない世界。自分自身の呼吸の音だけがよく聞こえた。

目の前にいる人物がよくわからない。これは本当にさゆりなのだろうか？

「お前……誰だよ………」

じり、とした空気が辺りを支配する。質問に答えてもらえるかどうかも不明だが、俺は問いかけるしかなかった。

だって俺は知らない、こんなやつ知らない。

少なくとも外見は、さゆり、だ。

でも俺の知っているさゆりは中学生じゃない。さゆりが中学生だったのは過去のことなんだから。もう10年ぐらい前の、過去のこと。だから目の前にいる中学生はさゆりの姿をしていてもさゆりじゃないはずなんだ。

昔のさゆりの姿をして、さゆりの声で喋り、さゆりの仕草をし、さゆりと同じように笑うさゆりじゃない何か。

目の前にいるモノが何者か知りたかった。

「さゆり、だよ」

さゆりじゃないモノがさゆりの声で、姿でそう言う。

嫌な汗がだらだらと体を伝った。

さゆりじゃない。けれどさゆりだと目の前のモノは言う。

俺は混乱した。どうしたらいいのだと、どうしたらこの状況を変えられるのかと。

「くっくるな!!」

近づいてくるさゆりに対して慌てて逃げようとするも、壁に阻(はば)まれて逃げることができない。

部屋からはいつの間にか出口がなくなっていた。

さゆりが逃げ惑う俺を見てまた呟いた。

「信じてたのになぁ……。ほんと、みゆきのことを忘れていたアナタは私のことを本当に大事にしてくれたのに」

知らない知らない知らない知らない。

俺はこんなやつ、知らない。

「いいえ、みゆきのことを覚えていてもアナタは私のことを本当に大事にしてくれた。みゆきのことなんてただの記号と同じ扱いだった、のに」

さゆりに似た何かが一歩、また一歩と近づいてくる。

小さい体なのに、俺より劣るであろう体なのに、俺は何もできずにいた。

「あの女狸(たぬき)がアナタに何かをしたあの日から、アナタは私に冷たくなった。……一体何をされたのかしら。アナタが私のことを愛さなくなったとしても、何があったのかは知りたかった」

ドクンドクンと心臓の音がうるさい。静寂な空間で心臓の音がやけに響いた。

段々呼吸が荒くなっていく、体を支配する倦怠感なんかより、今のこの状況の方がよっぽど死にたくなる状態だった。

「もう、今となってはどうでもいいことだけど」

さゆりが吐き捨てるように言う。

その腕は徐々にあがっていった。その腕の先には鈍く光る包丁がある。

「や……めろ……っ」

その包丁がどんな風に使われるかを想像して命乞い(いのちご)をする。

そんなものが効く相手ではないということを知っているはずなのに。

俺が心底怯えているのを見て、さゆりはふっと、笑った。

優しい、笑顔だった。

「安心して、殺さないし、戻さない。戻したところでもう無理なこと、わかってるから」

何の話かわからない。何を戻すのか、戻さないのか、無理なのかわからない。

さゆりの言っていることは何一つわからなかった。

包丁が、高く高く振り上げられる。大きな包丁が、俺の目にうつる。

「さようなら、アナタ。目が覚めたら地獄でしょうけど」

振り上げられた包丁はいとも簡単に俺の喉(のど)を切り裂く。

痛みはなかった。むしろ何もなかった。

切り開かれた喉からは黒い液体が噴出する。

俺の液体で部屋が黒く染まっていく。何もかもが黒く。

「それでも、私はアナタを■■■いたわ」

最後にさゆりが呟いた言葉は、黒に染まって聞こえなかった。

それでも全てが黒に塗りつぶされる寸前に、さゆりの悲痛な泣きそうな顔だけは見えた。


「う……」

頭がガンガンする。目をあけると眩暈がした。

体は石になってしまったかのように動かない。頭も指も少しずつなら動いた。

「ここは……」

目が覚めると、そこは白い部屋だった。

いや、元は白かった部屋だ。

今は……壁に飛び散った血痕（けっこん）で赤く染まっている赤い部屋だ。

「……っ」

混乱する頭に一気に記憶が戻る。

気が付いたら俺はここにいて、縛（しば）られていて、目の前にはさゆりがいて。

さゆりが「手料理を食べて」と言うから言うとおりにしてやって。

そして……出た最後の料理が……みゆきの頭で。

無理やり食べさせられた俺は…………………………。

「いっつ……」

頭がガンガンする。頭はさっきからひんやりとした感触がしていた。

「何だ……コレ」

頭に手をやると、何か赤黒いモノが手に付着する。気持ちが悪くて思わずそれを壁に投げつけた。

ふーっと大きく息を吸い、吐く。落ち着いた頭で周りを見回すと、そこにはみゆきの頭と、脳みそが空っぽになったさゆりの死体があった。

その他にあるのは机と椅子のみ。

相変わらず重い体を無理やり起こしてドアの方へと向かうも、俺はその行為が無意味だと気付いた。

仕方なく近くの壁に寄り掛かる。ずるり、と触った場所に血の手形がついた。

ひんやりとした壁の感触が気持ち悪いような気持ちが良いような、そんな変な気分だった。

「はは……もう無理かぁ………」

そうだ、俺はあのあとさゆりを襲って食べたんだっけ？　それで、俺は自身の脳を食べるために穴をあけたと。

頭はもう痛いと感じることすらなくなっていた。あるのはただただひんやりとした感覚だけ。

脳はあとどれぐらい残っているのだろうか。もしかしたらもう何も入っていないのかもしれない。

そんな状態で生きていられるのかなんて知らない。

だって俺にはこの部屋にいて普通のことが起きるなんて思えないから。

足りない記憶が、ゆっくりと戻っていく。

中学生のさゆりと過ごした記憶。そしてさゆりに殺された記憶。

何度も何度も繰り返したあの日々。

「夢……だったのか？」

誰に問うても誰からも返事がない。

当たり前だ、この部屋には俺しか生きているものがいない。

その俺すら、生きているか確証がないのだから。

「は……はは、楽し、かったなぁ……」

楽しかった。あの夢は楽しかった。

失ったものが全てかえってきたかのような感覚だった。

毎日愛する妻の元に帰り、妻にただいまと言って抱きしめる。そんな幸せな、ありふれた生活。

気持ち悪さも何もない、みゆきと会う前に戻った、全てが幸福な日々。そんな日々があの夢にはあった。

「俺が……壊したのか」

この手で、足で、さゆりに暴力をふるったことを思い出す。

今考えると何故そんなことをしたのかわからない。

さゆりのことを愛していたんだ。確かに愛していたのに。

夢の中の記憶も引き継いだお蔭（かげ）で、俺の頭は普通に戻っていた。誰にもいじられていない、普通に。

そのクリアな頭で考えれば、さゆりにあんな暴言を吐き、暴力をふるった自分が許せなかった。

一生幸せにすると誓ったはずなのに。俺はどうして。

目を閉じると、暗闇（くらやみ）が広がった。

もう戻れないのだろう、あの空間には。

幸せだった、何もしなければずっと幸福な夢を見ていられたはずなのに、俺がこの手で壊してしまったのだ。

理由はわかるが、それは俺のせいであって俺のせいではない。けれど決してさゆりのせいではなかった。

体が冷たくなっていく。今はもう何の感覚もしなかった。

閉じた目には何も見えない。さゆりの姿を見たいと思っても、食べてしまった脳からは情報が引き出せなかった。

全てを失った俺にできることと言えば、ただここにいることだけだ。

この赤い部屋にいるだけ。

死すら訪れるかわからないこの場所で、狂ったように笑っていることだけ――。

「料理、美味（おい）しかったよ、さゆり」

もうでないと思っていた涙が俺の目から一筋だけ流れ出す。

さゆりのために涙が流せることが嬉しかった。もう俺にはそんな資格さえないと思っていたから。

本心からの言葉を、もうこの世にいない最愛の妻に告げると、俺の体は狂ったように笑いだした――。

閑話　独白、あるいは理由

――ムカつく。

とてもムカつく。腹が立つ。

ムカつく。

最初からおかしいのだ、小さい頃から私はアイツより優位に立っていた。

成績も性格も何もかもが私が上だった。

ボーイフレンドだって私の方が多いし、友達だって私の方が多い。

なのに、何でアイツに彼氏ができるわけ？　アイツに何か頼りになるものができるなんて許せない。

ありえないじゃない、そんなの。しかも結構顔いいし。

好みじゃないけど、遊ぶにはいいかなって私も狙(ねら)ってたのに。もちろん本命なんかじゃないわ。キープとしてね。

中学生の時に運命の出会いをした？

はっ！　そんなこと知らないわよ。運命なんてもの、今時信じてるの？

さゆりは私に付き従ってりゃいいのよ！

男を寄越(よこ)せば許してやるって言ってるのに「大志(ひろし)はモノじゃない」？

そんなこと聞いてないわよ、さゆりのものは私のものなの。それは絶対であって間違うことなんてない。なのに下僕が私に逆らうことがおかしい。

何でアイツが私に逆らうのよ、ありえない。何で言うこと聞かないのよ、ムカつく。

第一私は特別な存在なのよ、崇(あが)めたてられてしかるべきなのよ。

その証拠に誰もかれもが私を崇めたてるじゃない。

お母さんだって、前は私をよく叱(しか)ったし、無視したりしたけれど、さゆりを下僕にしてからはとっても褒(ほ)めてくれるんだから。

お父さんも煩い割には結構言うこと聞くしね。

私を敬(うやま)わないやつなんていらない。

だって私は特別、この世に生まれたことが特別。

何だって手に入る。手に入らない方がおかしい。

両親は何でもちょうだいって言ったらくれるし、傷害事件だってもみ消してくれる。

私に従わないムカつくやつは私の目の前から消してくれるし、それでも腹の虫がおさまらない場合は下僕の奴らに頼むだけでボコボコにしてくれる。

私が偉い。私が女王様。

だからアイツも、さゆりも両親が私に与えた下僕、奴隷の一人。

お母さんは私が大事なのだ、私だけが。さゆりを無視したら、下僕扱いしたらとてもとても優しい。さゆりはいらない子なのだと母が言っていた。

逆らうことすら許されない。だってそれが下僕でしょう？

その下僕が逆らうなんて信じられない。お父さんにアイツをどうにかするように言ってみた。でも役に立たなかった。

どうにもできないって何でだよ？　ありえないでしょう？　いらない子なんでしょう？

他の下僕も言うこと聞かなくなってきたし、全部アイツのせいに決まってる。

ムカつく、ほんとムカつく。

アイツにごめんなさいって謝らせて、土下座させて目の前で顔面でトイレ掃除するまで許してなんかやらない。いや、そこまでしても許せるかどうか。

なんてったって私に逆らったんだ、この私に。

何もかも思い通りになるはずだったのに、アイツのせいで崩れたんだ、アイツのせいで。

ずっと私の下僕をやっていたくせに、私のものなのに、離れるなんて許せない。

両親も下僕も役に立たない。じゃあ自分でなんとかするしかない。

だからアイツの彼氏を奪ってやることにした。

別に好みでも何でもないけど、奪ってやることにした。そしたらアイツの泣いた顔が見れるだろうから。

なのに……なのに！

何回も何回も何回も！　アイツの彼氏？　大志？　とか言うやつに手を出したのに！　この私が手を出してやったというのに！　大志は見向きもしやがらない。

何？　アイツに弱みでも握られているわけ？　そうでなければあんなブスと付き合えるはずがないでしょう？　そうに決まってる！　あの卑怯者が!!

何でなびかない？　私の方が美人よ！　金持ちよ!?　側にいるだけで男が有頂天になるはずなのにどうして！

……いい、だったらいい。わかった。

私で不可能ならあとは最終手段がある。

もったいなくてアイツに使うことはなかったけど、男に使うのならそれでいい。

だから、大志を呼び出そう、早く早く早く!!

ああ、楽しみ。アイツの泣く醜い顔がすぐにでも浮かんでくる。

泣け、泣け、もがき苦しめ。

私が味わったのはそんなもんじゃないんだから。

下僕は下僕なりに苦しめばいいんだ、主人に逆らうからそんな目にあうんだ。

そうだ、これは罰、アイツへの罰。

この程度で済ませてやるなんて、私はなんて寛大なご主人様なのかしら。

本当ならもっと苦しめてやるのに、この程度で済ませてやるって言うんだから。

お仕置きが済めば優しく宥めてあげる。私の元に戻ってくるなら労わってあげる。

下僕が戻ってくればきっと何もかも元通りになるだろう、両親も言うことを聞くようになるし、他の下僕たちも戻ってくるわ。

きっとそうに違いない、だって全てが狂いだしたのはあの子が去ってからなんだから！


チャイムが鳴って、大志が来る。

「さゆりは？」って何？　私じゃ不満かしら。

確かにさゆりが呼んでる、貴方が来るまで帰さないって言って呼んだけど何それ？

まさか不満なわけないでしょうね？　ありえないもの。

「さゆりがいないなら帰る」なんて言うな、さゆりは下僕。下僕の元になんか帰るな。

許さない、絶対そんなの許さない。

「せめてお茶だけでも飲んでいってくれないかしら？」

引き止めてお茶を差し出す。さぁ、お茶を飲め。私がいれた、このお茶を。

飲めば私の勝ち、絶対勝利。

「お茶を飲んだらすぐ帰るからな」

ああ、それでいいわよ、むしろすぐに帰りなさい。

そしたら苦しむんだから、絶対に。

湯気がたつお茶を大志に差し出す。私の手に入れた、絶対の粉を入れた。

白い粉、魔法の白い粉。それをほんの少しだけふりかけた。

ふりかける量はとっても重要だ。

あんまり多かったら死んじゃうし、少なかったら効果が期待できない。

私に会いたくなるぐらいの量、それぐらい。

サラサラの落ちていった白い粉。ああ、これは媚薬（びやく）、媚薬なのよ。私に夢中になる媚薬。

白い粉、魔法の白い粉。下僕に手に入れさせた白い粉。

世間での名前なんて知らない。

持っていたら捕まるなんてことも知らない。何もかも知らない。

だって私は女王様、捕まるはずがない。

白い粉。ほんの数グラムで何万円もするけれど、それは投資なんだから仕方ない。

「はい」

とびっきりの笑顔で差し出したそれを、大志は口につける。

さぁ飲め、今すぐ飲め。それは■■■■なんだから。

飲んで飲み干してそうしたらきっと私に夢中になる。

私に夢中になったらあとは簡単。赤子の手をひねるより簡単。

この白い粉を餌(えさ)にしてお前を呼び出せばいいだけ。

何もしなくてもいい、ただ私の元に来ればいい。

そしたらアイツは苦しむ、絶対に苦しむ。

アイツを捨てて私の元に来ることがアイツにとっての最大の苦痛なんだから!!

「飲んだぞ！　帰るからな！」

……飲んだ。


飲んだ！　飲んだ！　飲んだ！　飲んだ！！！

飲んだ！　やった！　これでお前は私のもの！

お前さえ私のものになればきっとアイツは泣いて私に詫(わ)びるはず。

そうだそうに違いないそうすれば何もかも元に戻る。

お父さんも私を厄介者扱いなんてしないしお母さんも褒めてくれるし下僕も去っていかない！

私は一人にならない！　アイツさえ傍においておけばアイツさえ傍にいれば私は女王だ崇めたてるものが一人でもいれば私は女王になれるまた女王になれる女王!!


——さぁ、帰っておいで、私の下僕——


ピンポーンと、チャイムが鳴る。今日は誰も来る予定がない。

来るとすれば……そう、さゆりだけ。

あれから大志は私の元に何度も通った。それどころか家にすら帰っていないらしい。

つまりとうとうこの日が来たのだ。私の下僕が帰ってくる日が。

「はい？」

わざとらしく扉を開ける。誰が来たのかわからないとでもいうかのように。当然だ、待ちわびていたように見せては主従関係が崩れる第一歩になりかねないからだ。

ゆっくりと扉を開けると、そこには思っていた通りの人物がいて……。

「ぎゃぐ？」

お腹の、強烈な熱さとともに私の体は玄関の中へと押し戻された。

「あ……が……」

まるで火傷（やけど）をしたかのように熱を持った腹部を見ると、何かが生えていた。

黒い角みたいなものが生えている。そこからじわりと黒い染みが服に広がっていった。

ああ、だめだ。早くどうにかしないと服に染みがついてとれなくなってしまう――。

そう考えて、腹部から生えている何かを掴む。これさえ抜けば、熱さも染みもなくなるはずだと信じて。

「だめ」

力を込めた手を、やんわりと止められる。

さゆりがにっこりと優しく止めたのだ。

何のために私の邪魔をするのか、と、キッとさゆりを睨（にら）みつけると、さゆりは諭すようにこう言った。

「だめよ、それを抜いたらみゆきは死んでしまうわよ？」

「ひっ」

死ぬのは嫌だ。いきなり言われた〈死〉という言葉に慌てて手を離す。

でもこんなに痛いのに、これを抜いてはいけないというのは酷い。

「みゆきのことを殺したくてここに来たんじゃないの。あの人の一番好きなモノを調達しに来ただけなのよ」

さゆりが、よくわからないことを言う。

腹部の熱さで立っていられなくなる。

「料理は鮮度が大事。肉は熟成させた方がいい場合があるけど、モツとかあるし……時間を経たせちゃだめなの。だからみゆきにはここで死んでもらったら困るのよ」

口からごぶり、と血が出る。

くらくらと眩暈がして、足に力が入らなくて、側の靴箱によりかかる。

さゆりはその間も何か意味のわからない言葉をブツブツ呟いていた。

「大志がみゆきの元に行ってしまったのは悲しいけど仕方がないわ。私が至らなかったということだもの。だから私、最後の我侭として料理を食べてもらおうと思ったのよ。だから本当に良かった。みゆきが健康で。病気とかになっていたらさすがにあの人に食べさせられないわ。だからそういう意味では本当に感謝しているのよ、みゆき。これだけ材料があればよりどりみどり。腸詰も唐揚げもステーキも作れるわ。素敵、貴女の体は余すところなく食べることができるのね」

さゆりが、玄関の扉を開けて外に置いてあった大きな大きなトランクを玄関の中に入れる。

大きなトランクだ。まるで人一人入るような。

「さぁ、帰ったら急いで解体しなくちゃ。力仕事になるわね。でもこれも全てあの人に美味しい料理を食べてもらうため……。大志は貴女を食べて美味しいと言ってくれるかしら？　美味しいと言ってくれると嬉しいのだけれど」

ばくん、とトランクが大きな口を開く。その中に私は押しこめられた。抵抗しようにも、そんな気力なんてとっくの昔になくなっていた。

少し窮屈な中に入りきったと思ったら、無理やり蓋（ふた）を閉じられる。

私の周りは真っ暗になってしまった。元々意識がぼんやりしていたので見えていないが。

「まずはあの人を家に招待（しょうたい）しないといけないわ。とびっきりのご馳走（ちそう）で迎えてあげるの。それが終わったらみゆき、貴女にあの人を返すわ。だってあの人はみゆきのところにいたいんだもの。私ね、あの人の幸せを考えてるの。例え何よりも憎い貴女に奪われてもね」

私の意識は混濁（こんだく）しきっていて、さゆりの言葉はよく聞こえない。

ただ、これから私は食べられるということだけしかわからなかった。

閑話　最初に食べた日

「アナタ……どうしよう……ごめんなさい、ごめんなさい……」

暗闇の中で、少女が呟いている。

そこは何もない、灰色で、暗い世界。ただそこにあるのは一人の少女と、そして――。

……一つの、死体だけ。

その死体の名前は大志。この少女の夫である。

大志はとうの昔に事切れていて、ぴくりとも動かない。

頭からは夥しい量の血が流れていたようだが、もう流れ切ったのか今はただ乾いた痛々しい傷跡が残るだけだ。

そんな変わり果てた姿となった男を抱いて、少女はただひたすら泣いていた。

何時間、いや何日泣きじゃくっていたのかはわからない。この世界はこの男、大志が死んだ時点で時を失ってしまうのだから。

少女にとって男はこの世界の全てだった。世界を構築するのは少女だったが、男がいなければ少女にとってこの世界は何の意味もなかった。

少女の愛する男が愛する男のままで世界にいてくれなければ、いくら幻想的な世界を作ろうとも塵程の価値も少女にはなかった。

だからこの世界は灰色。ずっと灰色だった。何もない、ただ二人だけの世界。少女が望んでいない二人だけの世界だった。

「こんな……う…………せっかく幸せだったのに、幸せ、だったのに……」

夢の世界の中で、少女は幸せだった。愛する夫が自分を愛してくれる、そんな世界。

前までは当たり前のように存在した世界。今はもう崩壊してしまった現実を消し去ってくれた。

なのに。

少女のたった一つの過ちで全てが無に帰してしまったのだ。

予め言っておくが、少女は男を殺してなどいない。

少女は男を傷つける意志などないからだ。

その後何回男を殺そうが、それは男が戻るからで、なおかつ酷いことになることを知っているからだ。

だからこの、最初の夢で少女が男を殺すはずがないのだ。

では何が男を死なせたのか。

理由は簡単だ。

……事故である。

それは単純な話だった。至極単純な。

いつものように夫婦は過ごしていた。妻である少女はその時台所に立っていた。その時悪戯心が芽生えた夫である男は、料理中の少女にいきなり抱きついた。

驚いた少女は「もう何するの！」と怒りつつも満更でもない反応をしたが、問題はその次にあった。

少女が思ったよりも強く男を振りほどいてしまった。

考えていたよりも強く振りほどかれた男はバランスを崩し、そしてそのままテーブルの角に……。

本当に、事故だった。

男が悪戯心を起こさなければ。少女が強く振りほどかなければ。運悪くテーブルの角に頭をぶつけなければ……。男は死ななかったのに。

だが全ては終わってしまったこと。元には戻らないことだった。

例え夢の中で夫と愛し合おうが、目が覚めてしまえば他の女のところに夫は行ってしまっているという事実があるように。

男が死んだという事実は変わらない。だからこそ少女はこんなにも泣いているのだ。

あんなにも望んだ幸せを、あっさりと壊してしまったことに。

泣いて謝っても、誰に許しを乞うても男は元に戻らない。死んだままだ。

少女の体がどんなに酷いことになっていようとも何も起こらない。

どうしたら、どうしたら。

そんなことばかりを考えていた少女も、とうとう一つの考えに辿(たど)りつく。

——もう、どうしようもない。

そう、もうどうにもならないのだ。だとしたら、することはただ一つ。

「リセットしよう」

全てを無に帰そう。

そうしたらどうなるのかはわからない。夢から覚めるのかもしれないし、もしかしたら何も変わらない可能性もある。

けれどやらないという選択肢はなかった。やらなければ何も変わらないのだから。

どうせ夢から覚めても自分は死を覚悟した身だ、問題などなかった。

問題はどう・や・っ・て・リ・セ・ッ・ト・す・る・か・だ。

全てを消してしまう。それはどうやればいいのか。

男が死んでからはこの世界にあるのは少女と男だけだったが、逆に言えば少女と男が残ってしまっているということだ。それを消してしまわなければならない。

自分自身のことは後で考えよう。今はとりあえず自分以外の……そう、夫の体をどうにかしないと。

体を全て消すにはどうしたらいいのだろうか。作ろうと思えば海も山も作れるのかもしれないこの世界であっても、消すことは不可能だった。山に埋めてもそこに死体はあるからだ。

少女は悩んだ、男を完全に消す方法を。まるでそれだけがどうにかする手段だとでも言うように。

そしてまた少女は一つの結論に辿りつく。

「食べよう」

完全犯罪の一つに、体を細かくして食べてしまうというのがあるらしい。

食べてしまえば物証は全て自身の体の中だ。死体の欠片も見つからなければ犯人にすることは難しいだろう。

つまりそれは、世界からなくなったということだ。

そうと決まれば、と少女は手に持っていた包丁を振り上げた。

その包丁だけは世界が灰色になってからも消えなかった。きっと男がプレゼントしてくれた包丁だからだろう。

「……っ」

だけれど、振り上げた包丁は下ろせなかった。

当たり前だ、目の前にあるのは死体と言えど愛する男なのだから。

愛する人に刃を突き立てることに何も感じない人間なんていないはずだ。

しかも少女は男を傷つけたくないという意志もあった。例え世界が敵になったとしても、自分が犠牲になったとしても怪我を負わせたくなかった。

だからこそ躊躇した。本当に正しい方法かどうかわからないことも原因の一つだった。

もしこれで食べ終わった後で間違いだったと気付いてしまったら、今度こそ取り返しがつかないだろうから。

ぷるぷると、包丁を握った手が震える。これしかないのか？　本当にこれが良い手段なのか？　頭で自問自答し続ける。

本当にこれで何とかなるのか？

悩み、考え、苦しんだ末に彼女は——。

——包丁を、振り下ろした。

男の体に包丁が食い込む瞬間、少女は目を瞑(つぶ)る。そんな光景見たくはないから。

目を閉じる彼女に生暖かい液体が付着する。恐る恐る目をあけると、そこには愛する夫を刺した自分の姿。

「あ……、あ……ご、ごめ……ごめんな……さい、ごめんなさいごめんなさいごめんなさいごめんなさいごめんなさいごめんなさいごめんなさい——」

発狂するような、消え入りそうな声で彼女は叫んだ。声は小さいのに、彼女は確かに叫んでいた。ごめんなさい、と。

決意したのに、男を食べると決意したのに。少女は男を刺してしまった事実に半狂乱になった。

ひたすら既にそこにない命にごめんなさいと謝り続ける少女。流れる血よりも多くの涙を流して泣く少女。

そこはもしかしたら、地獄だったのかもしれない。

泣いて泣いて泣いて。そして少女は包丁を抜き取った。

もう少女には包丁を男に突き立てる力などなかった。それ以上は精神が崩壊してしまいそうだった。

だから。

「……っ」

男の腹に、自身の歯をかわりに突き立てた。泣きながら。血の涙を流しながら。

包丁で小さくできないのなら、後は自分で食べていくしかなかった。それしか方法はなかった。苦しくても食べにくくても、今の少女には夫に包丁を突き立てることなんてできなかったから。

小さく食いちぎった肉を咀嚼する。柔らかなソレは、味なんてしなかった。強いて言えば血の味だけだった。

ほんの少し、小指の先ほどの肉を削り取っただけで少女の精神は酷く疲労していた。こんな方法はできればとりたくなかった。

ゆっくりと、少しずつ、少しずつ男の肉を削り取っていく。その度に摩耗していく精神。少女は少しずつオカシくなっていった。元からオカシかったけれど。

「う、アナタ……ごめんなさい……」

合間合間に、夫への謝罪を忘れずに口にする。男の体は大きい。ほんの少しずつしか食べない少女が男を食べきるのは一体いつのことだろうか。

——終わった頃に少女の精神が破滅していないかどうかなんて、誰にもわからなかった。


「……」

灰色の世界で、少女が茫然としている。

そこには少女以外何もない。

何も、なかった。

少女は……男を喰(く)らい尽くしたのだ。

肉片一つ残らず食べ尽くすのに、一体どれぐらいの時間を要したのか。

それは少女にすらわからなかった。

数年、いや数十年かけていたとしてもおかしくないぐらいの時間だった。

全て消えてしまった男がいた場所を見て、少女はふらりと動いた。

残りのものを処分するためである。

残りのもの、それは少女自身に他ならない。自身を消してしまうことなど難しいと思われたが、今の少女にとってはさほど問題ではなかった。

床に転がった包丁を手に取る。そしてそれをそのまま振り上げ。

——自身の、右足に振り下ろした。

その瞬間、凄(すさ)まじい痛みが少女を襲ったが、少女は揺らぎもしなかった。男に対するものと違って躊躇なく振り下ろされたそれは、あっさりと少女の右足を切断した。

その、切断した右足に容赦(ようしゃ)なく少女は齧(かじ)りつく。

先ほどまでの遠慮がちに少しずつ削り取っていったのとは違う、乱暴に、引きちぎるかのように齧りつく。

それはまるで食材への冒涜(ぼうとく)だった。

少女自身が食材でなければ、とっくに恨まれて殺されているぐらいの冒涜。

だがしかし、少女にはもうそんなもの関係がなかった。

男を消してしまった今、少女にとって少女自身は何ら価値のあるものではなかったからだ。

右足を食べきると、次は左足だった。男の指一本を食べるよりも何倍も早い速度で少女は自身の体を食べ尽くしていった。

頬（ほお）を削り、髪の毛を啜（すす）り、内臓を噛（か）み千切る。

少女の体は既に頭と右腕だけになっていたが、少女はまだ生きていた。と同時に少女はまだ足りないのかと考えた。

残った頭も既に皮膚は全て剥（は）げ、脳みそも食べ尽くした。目も鼻もとっくにない。舌も食べてしまった。歯も必要量以外は飲み下した。

胃のない体で一体どこに食べたものがいっているのか、それは少女にもわからなかった。

それに考える必要すらなかった。

あるのはただ、自身を少しでも削ること、それだけだった。

少女は頭を動かし、右腕に齧りつく。頭から食べられる箇所を千切るために残しておいた部位だが、食べるところがもうこれぐらいしかないのだから仕方ない。

少女は必死に右腕に齧りつく、大きく削れていく腕、それが全て消えたとき、だった。

少女の意識もそこで途絶えた。

暗転する瞬間、少女は待ちに待った幸福にもはや目のない眼孔（がんこう）から涙を流していた。


「あ、れ……？」

少女が眩しい光に目を開ける。

どうしたことだろう、自分は完全に消えたのではないのだろうか。アレほどの苦労をしたのだ、まさかまだ残っているとでも言うのだろうか。

そう思うがどうやら違うらしい。

先ほどまでいたのは灰色の世界だ、今あるのは光のある世界だった。

少女がゆっくりと目を開けた先にはいつもと変わらない風景があった。

「あ……」

男が死んでしまう前の、何一つ変わらない風景。最初の風景だった。

何も変わらない家、元に戻っている自分。体は少女のままだが、そこは確かに夢の中だった。

そう、少女の夢の世界は元に戻ったのだ。

「や……た……やった……やった！」

予想外の結末に、少女は涙した。そうだ、リセットできたのだ。しかも夢の世界のはじめにまで。

全てをリセットじゃなくて、一番都合の良い場所から。

それに気づいて、少女は神に感謝した。ここからまたはじめさせてくれてありがとうと。

震える体を抱きしめる。もう、大丈夫だ、また幸せな日々がここからはじまるのだ。

ピンポーン、と後ろでチャイムが鳴る。夫が帰ってきたのだ。

夢の最初と同じ、夫が仕事から帰ってくるところだ。

「はーい！」

少女は破顔(はがん)して玄関の扉に飛びつく。
ようやく、また夢の続きを見られるのだと信じて。

――これから幾度となく男の体と自身の体を喰らうことになるとは、思いもせずに。

???

大志が選んだ分岐点はたくさん。
けれどどの分岐点も幸せには辿りつけない。

さゆりが選んだ分岐点はたったひとつ。
それこそが、幸せへの最後の必要な選択肢。

大志がどれだけ最良の選択肢を選ぼうが、さゆりがたったひとつの分岐点の最良の選択肢を選ばなければ後に進むのは全て〈最悪な赤の目覚め〉

果たしてさゆりは気付くだろうか、その分岐点に。
果たしてさゆりは選べるだろうか、最良の選択肢を。

閑話　彼女は誰を想うか？

愛してる

あの人を、愛してる。

アナタ、ごめんなさい。
私がいたらないせいで苦しい思いをさせてしまった。
私とアナタの赤ちゃんも私のせいで消えてしまった。
ごめんなさい、アナタ、赤ちゃん。
アナタのこと、本当に好きだったの。愛していたの。
それだけは嘘偽りがないわ、あの日々は本当に幸せだった。
私はもう十分幸せだわ。この世界にもう何の未練もないの。
たった一つ、あるとすればアナタに私の手料理を食べてほしい。
ただ、それだけ、それだけ叶えてほしい。
アナタが褒めてくれたレアの牛ステーキ、料理と言えるかどうかはわからないけれど。
最後までわがままでごめんなさい。良い妻でなくてごめんなさい。

愛してる、アナタ。もう私のことを愛していなくても。
愛してる、赤ちゃん。もう私の中にいなくても。

ごくりと音がして
あの人が倒れた。

大志、愛してる。

奥様は惨殺少女

第五章「そして変わった分岐点でもう一度」

ソシテ

カワッタ

ブンキテン

デ

モウイチド

バチン、と音がした。

何か取り返しのつかないことが起こって、終わってしまったような気がする。

――それは最初から違う別の俺、この俺とは関係がない――

頭をよくわからない単語が通過していき、霧散していく。

ここのところ残業続きだったせいで疲れているのだろう。

「……早く帰るか」

家に向かう足を早める。

俺は大志、平凡なサラリーマンだ。

今日も一日の勤めを終えて、愛する妻のいる家に帰る。

妻の名前はさゆり、可愛いさかりの中学生だ。

中学生のさゆりは本当に可愛い。大人になってももちろん可愛いのだが、どちらかというと美しい感じだから、中学生のさゆりを見ていられるのは幸せだな！

「ただいま～」

チャイムを鳴らし、扉を開けてもらう。

もちろん鍵は持っているが、この妻に開けてもらうところが重要なんだ。

妻に開けてもらうと帰ってきた感が高いだろう？

「おかえりなさい」

さゆりが極上の笑顔で迎えてくれる。ああ！　可愛いなぁ！

「あ、アナタ」

俺の鞄を受け取ったさゆりが何やらもじもじしている、その仕草すらも可愛い。

「えっとね、お風呂にする？　ご飯にする？　むしろ私？　それとも……みゆきに、する……？」

「うん、みゆきかな」

さゆりの問いに、俺はにこやかに答える。

その途端、俺の体から血しぶきがあがる。

「大志、みゆきのことなんて言わないで……」

目に見えたのは愛する妻の悲しい顔。

それを見て俺はああ何て酷いことをしてしまったのだと思った——。

解体する、食べる、解体する、食べる、解体する、食べる

さぁもう一度

……これじゃあだめだ。

閑話　赤の瞳

ゆっくりと、道を歩く。

夕飯の買い物の帰り道、重い荷物を手に提げて私は歩く。

買い物袋の中に入っているのは牛肉とレタスと牛乳。醤油もなかったから買い足した。

……あとは、特売だった納豆三パック入り50円。それだけの荷物なのに、重く感じる。

「はぁ」

思わずため息が零れた。

どうせこんな買い物をしたって意味がないのだ。彼は、帰ってこないのだから。

自分一人なら牛肉もレタスも牛乳もいらない。納豆とご飯だけで十分だ。

帰ってこない彼のためにご飯を作っているのは何故だろう。

帰ってこなくなった彼のためのご飯。

もったいないから、彼の分だけ作って、0時を超えた時点で彼が帰って来なかったら自分で食べることにした。

肉料理が多い食事は彼が褒めてくれた料理。野菜を入れてバランスよくしているのは彼の栄養面のため。

けれど、頑張って作った料理のはずなのに、美味しいはずの料理なのに、今は何故かとても、まずい。

彼が帰ってこなくなってもうすぐ三か月が経つだろうか。

最近は体が重くて、よくおなかがすく。ストレス太り、というやつだろうか。

体重も少し増えたようだ。食欲なんてないのに。

ここのところ微熱も続いている。好きな食べ物すら私の口に合わなくなった。

吐き気もする。頭痛もする。涙も、出る。

「あ」

いつも通る帰り道。ショーウィンドウにうつった自分が見えた。

まだ二十代で若いと思っているのに、その顔はやつれていた。

……十代の瑞々しさはなくても、まだ大丈夫だと思っていたのに。

じっと自分を見る。

私はこんなに醜い顔をしていたかしら。

こんなに醜い顔だったら、あの人が去っていくのも仕方がないのかもしれない。

自慢だった黒い髪。それにも少しだけ白いものが混じる。

肌もなんだか青白い。まるで病人みたいだ。

何なんだろう、何で私はこんな目にあっているんだろう。

ショーウィンドウにうつる自身の姿をちらりと見る度に、そこに惨めな女の姿がうつる。

耐えきれなくて目を逸らすけれど、ソレは自分の姿だからどこに行っても逃げようがなかった。

だからじっと自分の顔を見つめた。やつれた変な顔。陰鬱な雰囲気。これじゃあ仕事で疲れて帰ってきても気分が滅入るだけね、と独り言を呟いた。

「あかい」

反射した自分の目と、目が合った。

黒い、黒い目。普通の黒い目。

その中に、何故か赤い色が見えた。

赤い目、というだけならなんの不思議もない。

私の目は元々赤みがかっているのだ、赤い目は不吉だと言われたけれど別段普通だ。

私の目が赤いのは先天的だし、アルビノに近い理由でそうなっているだけだから心配もしない。

事実私の身内も私より薄いが赤い目を持っているから、これはきっと遺伝なんだろう。

けれど。

目が。

目の、赤い部分が。

「ひろがってる……？」

私の目で赤いのは一部分だけのはず。

なのに、今は赤い部分が増えていた。

おかしい。ほんの少しだけど、確実に増えている。

何でだろう、少しずつこの赤が増えている気がする。

「や、だ」
何故だかわからないけれど、この赤は増えてはいけない気がした。
増えたらおかしくなるような気がする。
「お願い、増え、ないで」
縋(すが)りつくように自分の目に懇願する。
傍(はた)から見ると、さぞ滑稽(こっけい)なことだろう。
けれど、この赤、この赤だけは広がってほしくない。
広がれば、わけのわからないものに侵食される気がする。
それだけは、嫌だ。
どうか増えないで、私の目の赤い部分。
どうか増えないで、私の心の■い部分。
それが一定値を超えると私は多分私でいられなくなる。
私だけれど、■に心が埋め尽くされる。
お願い、私はまだ人でいたい。
人でいたいから、まだ増えないで、赤の部分。
消えないことは薄(うっす)らと理解している。
これはもう増えるだけだということも知っている。
でもまだ止められるはず、この赤を止められるはず。

「……うん、まだ、大丈夫」

ショーウィンドウから目を離して前を向く。

さぁ帰ろう、我が家へ。

今日こそ彼が帰ってくると信じて。

――ほんの少しだけ見えた、増えた赤を見ないフリして。

選択肢　～そして彼女は選択肢を選ぶ～

「え……？」

病院で起き上がったときに聞いた言葉は、よく聞こえなかった。

いや、本当は聞・こ・え・て・い・た・の・だ。

ただ、聞きたくない言葉だったから聞こえなかったフリをしただけだった。

私の困惑の声に、医者は親切にゆっくりともう一度、何が起きたかを教えてくれた。

「流産されたんですよ」

簡潔に、はっきりと、どうしてこうなったかを教えてくれた。

私の知らなかったことを、気づかなかったことを。

「赤ちゃん……いたの？」

「はい。しかし残念ながら……」

茫然（ぼうぜん）としながら、お腹（なか）をさする。そこにはもう何もないから、そんなことをしても無駄なのに。

流産したということは流れたものがあったはずだ。流れたものは当然……赤ちゃんだろう。

私が流産したということはそう、私の、赤ちゃん、が。

「あ……あ、あああああああああああああああああああああああ!!」

叫ぶ、咆哮（ほうこう）する。その場で暴れる。

慌てた医者が、看護師に鎮痛剤を打つように指示をする。

無理やり打たれた鎮痛剤で、私の意識は無理やりブラックアウトされた。


——私には、赤ちゃんがいた。

当然、夫との。

待ち望んでいた、夫と私の赤ちゃん。

気づかなかった、わからなかった、知らなかった。

体重が増えたり、吐き気がしたり、そういった体調の変化は全て(すべ)ただの体調不良だと思っていた。

違う、違うんだ。私は……妊娠、していたんだ。

なのに赤ちゃんは流れてしまった。私の、せいで。

私がちゃんとしていたら赤ちゃんは今も私のお腹の中にいてくれたはずなのに、私がちゃんとしなかったせいで。

「ごめんなさい、ごめんなさい、赤ちゃん」

名前も付けていない我が子に謝る。

私を選んでくれたのに、私を母としてくれたのに、母として産んであげることすらできなかった。

私の世界はもう真っ暗だった。

夫が帰ってこなくなってもまだ繋(つな)がっていた大事な線が、ぷつりと切れてしまった音がした。

私をこの世に繋ぎとめる、線が。

涙が溢(あふ)れ出ているのを気にせずに、考える。

どうしてこうなったのだろう、何がいけなかったのだろう。

……みゆき、アイツのせいで。

みゆきが憎かった、殺したいほど憎かった。

憎い
あの人を奪ったあの女が、憎い。

私の赤ちゃんを奪ったあの女が、憎い。

憎くて憎くて、体が憎悪(ぞうお)に溢れて、アイツを殺したくて仕方がなくて、そのことで頭がいっぱいになって、そして私は……。


そうじゃない、と空を見上げた。

今更みゆきを憎んで何になるだろう。憎く思うのは仕方がない、これだけのことをされたのだから。でも、殺したいとまで憎むより、私にはもっと考えるべきことと、考える相手がいると思った。

そんなものに頭の容量をさくぐらいなら、もっと大事なものに容量をさかないといけないと思った。私にはもう何もないけれど、誰もいなかったわけじゃないのだ。

愛してる、アナタ。もう私のことを愛していなくても。

愛してる、赤ちゃん。もう私の中にいなくても。

愛してる二人のことを頭に思い浮かべる。不幸だが、幸福な瞬間。

だから、もう私はこの世からおさらばする。いなくなってしまったあの子の元に行こう、それが正しい選択肢かどうかはわからない。

けれど少なくともみゆきのことを憎み、みゆきを殺すことは正しい選択肢じゃないと思った。

死ぬと決まったら、心は楽になった。

そうと決まったら、色々やらなくてはいけないことがある。最後ぐらいきっちりとしなければ。

死ぬことに未練があるとしたらたった一つだけ。もう一度だけ夫である大志に私の手料理を食べてほしかった。

張り切って作る肉料理。肉は牛肉がいい、あの人の大好物だ。

それだけ、本当にそれだけ。

それさえ叶(かな)えば私はもうどうなってもいい。

そして私は永遠に眠るのだ、夫に最高の手料理を食べてもらったと、満足げに。

ああでも、もう一つあるかもしれない。おかしな話だけれど。

二人で一緒の夢を見たい。そんなの、本当に夢のような話だ。

どうせ叶わないだろうから一緒に眠るだけ、それだけ。起きるのは大志だけ。

だから叶えてほしい願いはひとつだけというのは私のわがままかしら。

その後は大志に迷惑をかけてしまうかもしれない。

けれど、それだけは譲れなかった。

愛している大志。愛してる赤ちゃん。

もう私のところからいなくなってしまったけれど、私はきっと貴方(あなた)の元に行くわ。

ふと見た鏡にうつった自分。目はもう真っ赤で、黒色なんてどこにも見えなかったけれど、最悪な選択肢だけは選ばなかったと、私は自分に苦笑いして微笑(ほほえ)んだ。

奥様は惨殺少女

第六章「繰り返す幸せな日常」

クリカエス

シアワセ

ナ

ニチジョウ

「明日、ドライブに連れてってくれない？」

晩ご飯を食べていると、さゆりが珍しくそんなおねだりをしてきた。

デートに行きたいというのか、可愛いやつめ。

「もちろんかまわないさ、どこがいいんだ？」

さゆりの作ってくれたハンバーグに舌鼓を打ちながらＯＫと答えると、さゆりは両手で頬杖をつきながら嬉しそうに笑った。

「えへへ、どこでもいいの。でもできるなら海がいいわ」

「海？　この時期は泳げないぞ？」

まだ肌寒いこの季節、海に入れなくもないとは思うが風邪をひいてしまうんじゃないだろうか。

「大丈夫、海に入るつもりはないの。ただ海に行きたいなぁって」

「ん、いいぞ。海に入れないのに海に行きたいだなんて、何かあるのか？」

風景でも見たいのだろうか。それなら夜景の綺麗な場所にでも連れていってやるのに。

そう考えながら付け合せのブロッコリーを口に放り込む。野菜本来の味がしてとっても甘かった。

「あ、あとね！　映画にも行きたいの！」

「おいおい、二つもだなんて贅沢だなぁ。どちらか片方にして、もう一方はまた今度行かないか？」

さゆりがあれもこれもとおねだりするのは本当に珍しい。さゆりは元々無欲な方なんだ、服だって鞄だって自分で買おうとしないので買ってやらないといけないぐらいだ。

「だめ、かしら？　明日ドライブには行きたいんだけど、アナタが見に行きたいって言ってた映画が明日までなのよ～」

さゆりが困り顔で俺を見つめてくる。その目はうるうるとしていて、わざとじゃないのはわかってはいるがその威力に一撃ノックダウンしそうだった。

「俺の見たかった映画？」

「〈空に夢見し〉という映画よ」

さゆりがえーっと、という表情で何かを思い出すような仕草をした後言う。しかし俺にはその夕イトルに覚えはなかった。

「うーん、俺見たいって言ったかなぁ？　でも気になってさゆりにまで言ってたみたいだし……そうだな、仕方ない。両方とも行ってやるよ」

「本当!?　アナタ！　ありがとう！　愛してるわ！」

さゆりが食卓越しに抱きつこうとして空振る。おいおいどう考えてもそこからは距離が足らないだろう。そんな微妙なドジッ娘なさゆりも可愛い。

二つもだなんてしんどくないだろうか、という質問に対しては「問題ない」と答えておこう。

本来映画だけならそれほど疲れないのだ。映画をデートの主軸に選ぶときは大抵ご飯を食べたり併設されているショップを見たりで疲れてしまう。

しかし今回はドライブデートのついでだ。交通関係のしんどさは車を運転して映画館に向かうから問題はないだろう。ドライブの帰りにでも寄ってしまえばいいのだ。

だから元々さゆりの願いは叶えてやるつもりだった。可愛い可愛いさゆりの、滅多にしないおねだりなのだ。叶えてやりたいのは夫として当たり前だろう。

悩んだフリをしたのは、おねだりするさゆりがあまりにも可愛らしいので、少し焦らしてやろうと思っただけだ。事実焦らしたさゆりは嬉しそうにぺちぺち手を叩いている。幼児かお前は。

「ここのところどこにも連れていってやっていないからな、サービスだ、サービス」

ふふん、と自慢げに言うとさゆりがわーいと喜ぶ。おいおいお前もういい年した人間だろうが。

……いや、まだ中学生だったか。それならまぁこのはしゃぎっぷりも仕方ないな。

よしよしと頭を撫でてやると、さゆりは嬉しそうに目を閉じてされるがままになっている。口がほんの少しあいているのが可愛い。

「じゃあ今日はもう寝るか。明日も朝早いしな！」

ドライブでデートに行くならば早めに出た方がいい。

時計をちらりと見ると既に時刻は10時30分を指していた。今ぐらいから寝たら明日もしんどくないだろう。

「うん！　わかったわ！　ふふ、約束よ、大志」

うきうきとさゆりが食べ終わった食器を片づける。ふんふんと鼻歌まで歌って上機嫌そうだ。

「俺は明日の用意をしとくから、さゆりは片付けが終わったらすぐ寝室に来ていいぞー」

「うん、ありがとう、大志」

にこにこと洗い物をしながらさゆりが言う。

その手際は良く、数分もしてしまえば片付いてしまいそうだ。

さゆりが洗い物をしている間に俺は俺の準備をしておかなければならない。

とは言っても明日持っていく物なんて知れているのだが。

海に行くのなら、泳がないとしてもタオルは持っていっておこう。

海の中に誤って……というのはあまり考えづらいが、意外と潮風というのは肌や服を濡らすものである。ないよりあったほうがいいだろう。

簡易な鞄に適当に詰めていく。こういうとき車は便利だ、荷物は放り込んでおくだけで手ぶらで周辺を散策できるのだから。

「あとは……と」

ベッド脇のサイドボードに乗っている車のキーを手に取る。これは入れておく必要などないが、わかりやすい位置に移動しておかなければ朝慌ててしまう。

俺は会社が近いこともあって車通勤はしていないので休みの日ぐらいしか車に乗らないのだ。

「ん？」

ちらり、とさゆりの方のサイドボードを見る。

さゆりが寝る側のサイドボードはとても綺麗に整頓されていた。俺の方とは大違いだ。

そこに何かきらりと光るものを見つけた。

何だ？　何かガラスのものでも置いているのだろうか。

ほんの少し興味を惹かれてさゆりの方のサイドボードに近寄る。そこにあったのは指輪だった。

その指輪はサイドボードの上に大事に飾られていた。光るシンプルな指輪。宝飾に興味がないさゆりが持っている指輪なんて限られている。

「結婚指輪か」

手に取ったその指輪はシンプルで軽い。

俺はその結婚指輪に懐かしさを感じた。

今、もちろん俺もさゆりも結婚指輪をはめている。けれどこれは最初の結婚指輪じゃない。

最初の結婚指輪はここにある、本当にシンプルなそれほど値段もしないものだ。

「懐かしいなぁ……」

まじまじと指輪を見る。細くて銀色に輝くソレはプラチナでできている。

俺とさゆりが結婚したのは学生の時。二十歳になった途端親の了承などいらぬとばかりに入籍したのだ。もちろんさゆりのご両親にはきちんと許可はとったが。

その時、学生の身分の俺ではあまり良い指輪は買えなかった。けれど結婚指輪だけはと頑張ってアルバイトして買ったのが、この結婚指輪だ。

「大事に持っててくれてるんだな」

この結婚指輪を渡した時のさゆりは今でも鮮明に思い出せる。

嬉しさと驚きの表情で結婚の誓いの言葉を言ってくれたさゆり。

白いウェディングドレス姿がなんと似合っていたことか。出るところが出ていて引っ込むところは引っ込むスタイルの良いさゆりの体にぴったりと合うドレスは、それだけで必死に頑張った甲斐があったと思ったものだった。

泣いているさゆりの顔が頭に浮かぶ。嬉し泣きで顔がぐしゃぐしゃで、そんな顔も愛おしいと思って抱きしめた。

……ん？

思い出の中の、さゆりの姿が合わない。

さゆりはもっと小柄なはず、小さな中学生なのだから仕方がない。けれど、思い出の中のさゆりは美しい女性だった。

「ん？　んん？」

首を傾げる。何でだ？　何か変だ。さゆりは中学生、いや、さゆりは……。

「アナタ？　どうかした？」

何かを思い出しそうになったところで、さゆりに声をかけられる。

どうやら洗い物が済んだようで、パジャマを着たさゆりがこっちを見ていた。

「ん？　ああ、何でもないぞ」

そのパジャマのあまりの似合いっぷりに、先ほどまで考えていたことが霧散する。

ええい、今はこの可愛いパジャマを堪能することが優先するべき事項だろう。

「じゃあ寝よっか、明日はデートだしね！」

さゆりがベッドの布団の中に入る。俺も続いて布団に潜り込んだ。

うにうにと俺の体に近づいてきたさゆりが俺に抱きつく。俺もさゆりを抱きしめた。

さぁゆっくり寝よう。明日は久々のデートなんだから。

目を閉じると心地よい睡魔(すいま)が襲ってきた。明日は一体どんな可愛いさゆりが見られるだろう。

*

「わ～綺麗！」

車の運転中、隣ではしゃぐさゆりの声が聞こえる。

さっきまでは運転中の俺のために煩(うるさ)くしていなかったが、窓から見える海に興奮したらしい。

「良かったな、晴れて」

「うん！」

天気予報では一応晴れだったが、出かけるとき少し天気が愚図(ぐず)ついていたから心配だった。

さゆりなんか出かける直前まで窓に張り付いて「晴れてほしいな……」と言っていたぐらいだ。

ドライブ途中は空と風景と天気予報を見ていたさゆりだったが、今はもうずっと窓の外の海に目が釘付(くぎづ)けだ。

「ほんと綺麗な海だね～、ここ、どこの海なの？」

さゆりはここがどこだかを知らない。社会の知識はあるが、車に乗らないためどこの高速を通ったのかわからないからだ。

「ああ、確かここに地名が……」

片手で旅行ガイドのページをめくる。ほんとはいけないことだが、付近に車もないし少しだけなので許してほしい。

ページをさらさらとめくっていくと、あらかじめ折り目をつけていたページに止まった。

「えーと、湘南（しょうなん）」

見つけたページにでかでかと書かれている〈湘南〉という文字をそのまま読み上げる。

海と言えば湘南だろう、泳げないが。

ガイドに沿ってやってきたので少々心配だったが、きちんと湘南についているようで見えてくる看板にもきちんと湘南と書いてある。

「湘南？」

「ああ、ここ。このページに詳しく載ってるだろ？」

横目で見ると、じーっとさゆりがページを見ている。何だろうか、おかしな点でもあったのだろうか。

「……？　これ、おかしいよ？」

しばらくページを見ていたさゆりが、眉（まゆ）をしかめてページを指差す。

さすがに余所見（よそみ）運転ばかり続けていられないので路肩に車を止めて見てみた。

「湘南って書いてあるじゃないか」

さゆりが指差した場所はでかでかと書かれている湘南の文字。間違えようがない。

「うん、でも湘南ってしょうなんって読むんでしょう？　でもこれは……」

さゆりが湘南のルビの部分を指差す。そこには……。

「……そうなん？」

「うん、そうなん」

そこにはでっかく書かれた湘南の上にこれまた大きめに書かれた〈そうなん〉という文字が見えた。

「……ただの誤字だろ」

「でもね、ほら、この部分も」

肝心なところで誤字があるのはいただけないが、誤字が絶対ない雑誌というのも珍しい。

そう思ってさゆりに告げてはみたが、さゆりは納得していないらしくほらほらと違う箇所を指差した。

「神奈川……ルビはかなわん!?」

「で、ほらここに」

俺が予想外のルビに驚いていると、畳み掛けるようにさゆりがとある注意書きに指を置いた。

「かなわんのそうなんは神奈川県の湘南とよく似ているので間違えないでください……って何だそりゃあああああ！」

ありえないだろう、ってかそんな地名聞いたことない。何だこのガイドブック、てんで役にたたねぇ。

「ごめんな……。湘南に連れていってやりたかったのに、俺、何か間違えたようだ……」

「だ、大丈夫よ！　ほら！　湘南もそうなんもそんなに変わらないし！」

俺の自虐に慌ててさゆりがフォローするが、ぶっちゃけフォローになっていない。

「いいんだ、さゆり……本当にごめんな、せっかくのドライブなのに」

さすがの俺も少しいじけてしまう。泳げはしないが、せっかく海ということで代表的な湘南に連れていってやろうと思ったのにこんなことになったのだ、そりゃあ心折れるというものだろう。

「あーうー……………あっ!!」

自虐モードに入って暗く落ち込んでいると、さゆりが湘南改めそうなんのガイドを見て声をあげる。

「どうした？」

「ほらっ！　これ見て！　そうなんは湘南にとても近いところにあるんだって！」

ほらほらとさゆりがガイドの地図を指差した。

確かにその距離は100ｍも離れていない。むしろ何故こんなに近いのにわざわざトラップのようにガイドに載せたのだろうか。

「とても近いというか……歩いて行けるな、これ」

幸い今は湘南に向かっている途中で、湘南よりも手前にあるそうなんに入ってもいなかった。これなら十分修正はきくだろう。

「じゃあ大丈夫だね！」

「ああ、これなら平気だな。いっそそうなんでご飯でも食うか？　湘南だと混んでそうだし」

時刻は昼を少し過ぎたぐらいで、ちょうどお腹もすいてきたころだ。ピークを越えた時間とはいえ、週末だし家族連れとかで混んでいそうだからな。

「そうね、そうなんがどんなところかちょっと見てみたいし」

さゆりがにこやかに答える。確かに俺もそうなんがどんなところかは気になる。

……恐らく何の変哲もない、いっそ湘南にしておけよという場所だろうが。

「じゃあ何食べよっか？」

さゆりがガイドをめくりながら俺に聞いてきた。それを見て、俺はアレ？　と思った。

「さゆりが作ってくれたんじゃないのか？」

さゆりは料理が好きで、こういう施設に行かないようなデートだとお弁当を作って来ているのが普通だ。なのでてっきりさゆりお手製の弁当でも食べるのかと思っていたら違うらしい。

「え……あ、ごめん、なさい……。作ってないの」

さゆりがしゅんと項垂れる。ああ、道理で今日は朝起きるのが遅かったんだな。

「いいよ、外食も久しぶりだし、それにせっかくのデートなんだからたまには外で食べてみたいしな。さゆりの美味しいご飯は家に帰ったときにたっぷり食べるよ」

さゆりの頭をくしゃくしゃとしながら撫ぜるとさゆりの顔がかぁっと赤くなった。

これは少し照れた時の表情だ、こういう顔のときはほっぺたをつつきたくなる。

「うん、ほんとごめんね？　今日はてっきり外で食べると思ってたから……」

「いいって、そのかわり帰ったら美味しい料理を作ってくれよな？」

「……うん！」

俺の言葉に、さゆりは大きく頷いた。もちろん俺の指はさゆりのぷにゅぷにゅのほっぺたをつっついている。

満面の笑顔でのさゆりを可愛がるのはとても楽しい。

「じゃあそうなんで最初に見つけたレストランでご飯を食べような」

エンジンをかけなおしてハンドルを握り、俺達はその場を後にした。

＊

「意外と混んでるな」

ざわざわとした店内を見回すと、カップルがよく目についた。

てっきり湘南のほうが混んでいると思ったのに。

……でもここでこんな状態なら、湘南はもっと混んでるだろう、たぶん。

「うーん、でも並ばずに入れたからいいんじゃない？」

さゆりがメニューから目を離さずに答える。

……そんなにメニューとにらめっこしなくてもメニューは逃げないぞ、さゆり。

ここのレストランは珍しくメニュー表が一つしかない。

だが俺は大体食べるものが決まっているのでさゆりに先に渡したのだ。

しかしメニューの表に何やら気になる表記を見つけて、さゆりの持っているメニューをひょいと奪って眺めてみた。

「結構色んなメニューがあるんだなぁ」

種類が豊富で美味（うま）そうな割には値段も良心的だ。季節のメニューとかもあるのか。

「ちょっと！　メニュー奪わないでよ！　まだ私見てたのに」

「少しの間見るだけだって。えーと、ほんとにたくさんあるなぁ」

さゆりの抗議する声を無視してメニューを見る。

「……で、何を食べるの？」

ひとしきり俺に抗議をした後、無駄だと悟ったのかさゆりがむぅ、とした顔で俺を見た。

「んーああ、このシェフの気まぐれオムライスでも食べようかなって」

メニューのトップにでかでかとのっていたこのオムライスは、どうやら月替わりで気まぐれになる食べ物が変わるらしい。〈来週はハヤシライス〉とも書いてあった。

「じゃあ私もそれにする」

さゆりがぷくっとふくれたままの顔でそう言う。どうしたんだろう、いじけたのか？

「いいのか？　それで」

「大志が選んだのなら美味しいと思うからいいの」

ぷいっとそっぽを向きながらさゆりが答える。まぁさゆりが嫌いな食べ物ではないだろうしいいだろう。

……俺が選んだからって美味しいとは限らないんだがな。

……さゆりの料理以外。

店員を呼んで注文を伝える。

ほどなくして湯気のたつオムライスが二つ運ばれてきた。

「お、きたきた」

注文から5分も経ってないんだが早すぎないだろうか。ファミレスではないから出来合いのものではないと思うんだが。

ことりとオムライスが俺達の前に置かれる。ふんわりとした黄色い卵が食欲をそそった。

中々美味そうじゃないか。

「うわ～美味しそう」

さゆりも俺と同じ意見なのか、スプーンを持ったままオムライスを見続けている。

「じゃあ食べるか」

さゆりが待ちきれなさそうなので、早々にいただきますをしてオムライスにスプーンを入れる。

さゆりはしゃかしゃか！　と音がしそうな勢いでスプーンをオムライスに突っ込んだ。

切り分けたオムライスを口に運んでみると、その卵の柔らかさに驚く。

とろとろの半熟なのにしっかりとした味を持ち、ケチャップライスがまた主張し過ぎないで卵とよく合う。

意外と歯ごたえのある食感に驚きながらも咀嚼（そしゃく）していると、ほんの少しの苦みが舌を刺した。どうやらピーマンが入っているらしい。珍しい。

「……ふぐっ！」

そこまで味わったところで、聞きなれた声の聞きなれない言葉が聞こえた。

思わず声の発信源を見てみると、さゆりが口元に手を押さえ、青ざめた顔をしていた。

「……さゆり!?　どうした！　……つわりか!?」

「私はまだ中学生よ！」

さゆりのストレートが見事に決まる。頬（ほお）が抉（えぐ）れるような痛みとともにほんの少し快感を感じるのは相手がさゆりだからだろうか。……腕をあげたな、さゆり。

「で……どうしたんだ、さゆり」

冷えたおしぼりでさゆりに殴られた腫（は）れた箇所を冷やす。

あー、痛い。さゆりの武器って包丁（ほうちょう）だけじゃなかったんだな、拳（こぶし）もそうだったんだな……。

でも拳で解決って中々平和的解決な気がする。今度からそれでいってくれないかな。

「このオムライス……ピーマンが……」

さゆりがおずおずと自分のオムライスを俺に差し出してきた。

そういえば、と思い出す。さゆりはピーマンが苦手だったんだっけ。

だが大人になってピーマンが苦手だが食べられるようにはなっていたはず、普通の調理のピーマンなら苦手だが食べられないことはない。だからこれぐらいのピーマンで顔が青ざめること……

「あるな」

差し出されたオムライス、その切り開かれた一部から何かがごろんと出ていた。

緑と黄色のハーモニー。美しく彩られていたそれには違和感がバリバリだ。

おいおい、あるはずの薄い赤色はどこにいったんだ。

スプーンで開いている部分を広げると、これでもかというほどピーマンが詰め込まれていた。一応種はとってあり加熱もしてあるようだが、肝心の米がない。

これじゃあオムライスじゃなくてオムピーマンだ。

……気まぐれにも程があるだろう、シェフ。というより一品一品で気まぐれ度がかわるのか、それって料理人的にどうなんだ。

「さすがに……これはきついな」

ピーマンが別に苦手ではない俺ですら青ざめるこのオムピーマン。

ピーマンが苦手なさゆりにとっては地獄以外の何物でもないだろう。

「どうしよう……」

さゆりが小さく呟（つぶや）く。

そりゃそうだろう、俺だってこんなもんが出てきたらどうしようと呟く。

「ほら、交換してやるからこっちを食えよ。こっちはまともっぽいから」

涙目になっているさゆりの目の前にあるオムピーマンを俺の普通のオムライスと交換する。

「え、いいの……？」

覚悟を決めなければならないと思っていたのか、さゆりはきょとん、とした顔で俺を見た。

「ああ、いいからさっさと食え、冷めちまうぞ？」

さゆりが何かを言いだす前にオムピーマンにスプーン……ではどうにもならないのでフォークを突き刺して口に運ぶ。

……うん、凄まじい破壊力だ。

「あ、ありがとう」

普通のオムライスになったことを心底喜んでさゆりはオムライスを食べ始めた。

うん、やっぱり嫁には笑顔でいてほしいもんなぁ。

＊

「さすがにあのピーマンはきつかったか」

少し戻しそうになりながらも、車を無事に砂浜脇の駐車場に止める。

「大丈夫？」

さゆりが心配そうに俺を見つめる。その手には自動販売機で買ったお茶が握られていた。

だが、さゆりこそ大丈夫かどうかを問いたい。何せあのオムピーマン、初撃も充分辛いが、後になってからくるこの吐き気も辛い。

確かに美味かった。それは認めよう。

だが美味いときついは所詮別物。相容れない存在なのだ。

それを混ぜようとしたら……どうなるかぐらいわかるだろう？

例え美味しい牛肉でも脂肪が多過ぎると後に気持ち悪さがくるのと同じく、このオムピーマンは後からくるのだ。

さゆりから受け取ったお茶を一口ごくりと飲んで車から降りる。

海風が気持ち悪いと唸る体を癒してくれた。

「わ～綺麗～」

さゆりが砂浜を走っていく。よくブーツで走れるな。

時刻はもう夕方で、これだと映画はレイトショーだな、とかやってるかな、とか思った。

だけど日がゆっくりと海の中に姿を消そうとしているこのタイミング、これが見れるのであれば惜しくはない。

「あんまりはしゃぐとこけるぞ」

眩しい夕日を見ながらはしゃぐさゆりを見る。夕日を浴びて踊るその姿は綺麗だった。

……ザザっと何か不協和音がする。

一瞬だけ、そう、ほんの一瞬だけさゆりが大人に見えた。

さゆりはまだ、中学生なのに。

ここに前に来たときは、どうだっけ？　海に来たのは初めてだろうか。

白いニットのセーターにスキニーパンツを履いたさゆりがにこやかに俺に向かって言う。幻聴のようだ。

〈ちょっと寒いけど、ここに来て良かったね――〉

寒い？　確かに寒いけれど厚着をするほどじゃあない。ほら、その証拠に俺はジャンパーなんて着ていない、ただのシャツ一枚だけだ。

ここと は違う、過去のこと。矛盾(むじゅん)点がたくさんあるソレを考えようとして……。

頭を、ブンブンと振ってその妄想をかき消す。だって、ソレはネガイだから――。

「大志ー!!」

さゆりが手を振って俺を呼ぶ。いつの間にかさゆりは裸足(はだし)になって遊んでいた。

「おいおい、足どうするんだ？　泥だらけだぞ？」

近寄っていくとさゆりがきゃっきゃと笑いながら逃げる。鬼ごっこでもしたいのだろうか。

「そこに水道もあるし、タオルも持ってきてるから大丈夫だよー！」

そのまま砂浜をかけていくさゆり。放っておくこともできないので追いかけた。

砂浜に足をとられて上手(うま)く走れない。さゆりは案外軽快に走っているようだ。裸足だと実は走りやすかったりするのだろうか。

「……っうし！　捕まえた！」

「きゃっ！」

ようやく捕まえたその腕を、自分側に引き寄せる。きゃあきゃあと騒ぐその体をぎゅっと抱きしめて大人しくさせた。

「ほら、鬼ごっこは終わり。沈む夕日が綺麗なんだから海を見なさい」

ひょい、とさゆりの体を持ち上げて、海のほうへ向けて砂の上に降ろす。

夕日はちょうど沈んでいくところだった。

さゆりは降ろされた後は素直にじーと沈んでいく夕日を眺めている。その顔は嬉しそうで、でも何か……切なそうだった。

「お？」

ぐいっと押される感覚がして、さゆりが俺の腕から逃れて海へと走っていく。さすがにもう追いかけっこはなしだと声をかけようとすると、海にばしゃばしゃと数歩入ったところでさゆりが止まる。

「ねぇ」

さゆりが振り向く。いつもと違う雰囲気で。

「大志は、私のこと……」

沈んでいく夕日がさゆりを照らす。辺りは少しずつ暗くなっていった。

真剣そうなその顔を茶化すこともできずに次の言葉を待つ。

さゆりはゆっくりと、呟くように言った。

「……好き？」

じっとこっちを見る赤い瞳。その顔はなんだか泣きそうで。

俺はその顔にたまらず即答した。

「もちろん好きに決まってるだろ。愛してるよ、さゆり」

当たり前の返事。俺とさゆりは好きあって結婚したんだ。これ以外の答えがどこにあるというのだろうか。

「そうだよね、大志ならそう言ってくれると思った」

さゆりが空を見上げながら笑う。でもその笑顔はどこか寂しそうに見えた。

「大志がそう言ってくれるなら、私頑張るから、絶対諦（あきら）めないから」

「さゆり……」

俺に言うのでなく、自分に言い聞かせるかのようにさゆりが喋（しゃべ）る。

「うん、絶対に。ほんと……ぜったい」

少しずつその声は小さくなっていく。けれどその声の重さは徐々に大きくなっていった。

「大丈夫、うん」

そうやって、笑う声がとても悲しかった。

俺は……ずっと愛してるから、さゆり。俺はお前のことだけが好きだから。

そう伝えようとした言葉はさゆりの「大丈夫」という言葉にかき消された。

*

「あ、良かった。最後のがまだみたいね」

あれから車を走らせ、家の近くの映画館に滑り込むようにして入ると、どうやら最後の上映の20分前だったらしい。運がいい。

夜なので人も少ないチケット売り場に並び、チケットを二枚買う。〈空に夢見し〉はこの時間帯だからなのかそれとも人気がないのか時間間際なのに真ん中の良い位置に並んで席がとれた。

「私飲み物買ってくるね」

さゆりがうきうきと売店の方へと走る。俺は椅子（いす）に座ってお留守番だ。

ついでに俺の分のチュロスを買ってくるように頼む。「どうせ頼むんだろ？」と言うとさゆりは「ち、違うわよ！」と慌てていた。わかりやすいやつめ。

さゆりを待っている間、チケットを確認する。間違っていたら困るし、席が実は離れていましたとかじゃ困るからだ。

じっとチケットを見る。上映時刻……合っている。席も並んで……アレ？

印字された文字が、揺れる。揺れたと思ったら散らばった。

インクだと思っていたソレは……たくさんの虫の集合体だった。

「うわあ！」

思わず叫んでチケットを振り落とす。ひらりと地面に落ちたチケットから虫がはいずり出てきた。

小さな虫は集まって大きくなり、耳障り（みみざわ）な音を出し始める。

ぶぉんぶぉんぶぉん。

煩い、煩すぎる。こんな気持ちの悪い音、聞いていたくない。

ぶぉんぶぉんぶぉん。

慌てて虫をチケットごと踏みつぶす。

ぶぉんぶぉんぶぉん。

けれど音が止まない。煩くて耳を押さえているのに止まらない。

気が狂いそうになって音源を探すと。

――俺の血管からその音が聞こえた。

ようやく見つけたその音源を潰そうとして、皮膚に爪をたてた。けれどこれじゃあいけない。

もっと鋭利なモノで潰さないと。そうでないと潰しきれな――。

「アナタ？」

さゆりが俺の肩をとんとんと叩く。瞬時に俺の周りのオカシな世界は消え去った。

踏みつけたチケットを拾ってみても、虫なんてどこにもいない。い・る・は・ず・が・な・い。

「大丈夫？」

「ああ、大丈夫だよ、心配させてごめん」

心配そうに俺の顔を見るさゆりを安心させるように頭に手を置いてぽんぽんと軽く叩く。

さゆりはまだ何か言いたげだったが、上映時間が迫っていると言うと大人しくひっこんだ。

係員にチケットを見せて部屋に入り、席を探して座る。

真ん中の良い席どころか周りに人がほとんどいなかった。

やっぱり夜遅く、最後の上映だからだろうか。

落ち着いて映画が見れるので俺としては万々歳なのだが。


ジリリリリリリリリという時代錯誤な音がして上映がはじまる。

……映画の内容は悲恋だった。

よくある幸せそうなカップル。それがとある出来事により仲違いをしてしまう。

あんなに仲が良かったのにたった一つの出来事で全てが消え去る。

そのカップルに起こった悲劇は〈薬〉だった。しかも麻薬とかそういう類のもの。

男がある日、カップルを仲違いさせようとたくらむ女に騙されて麻薬の類を飲まされてしまう。

男は彼女の元に帰りたがるが、その中毒性、依存性は凄まじく、女の言うままになってしまう。

……はっきり言って苛立った。こんな、依存に負ける男を。何故彼女を愛してやれないのだと。

確かに依存症はきついししんどいし死にたくもなる。だけれどももう少し頑張れなかったのだろうか。

何故か歯を食いしばりながら見ていた。まるでできなかったことを見ている気分だった。妻を愛せよ、と。最初の段階でどうにか引き返していればまだ帰れたのに、と涙する。

あまりの不甲斐なさに落ち込んで、ふとさゆりはこの内容をどう思ったのだろうとちらりとさゆりの方を見た。

……さゆりは、俺の方を見ていた。驚愕の表情で。

その顔は俺と同じく涙を流している。けれど俺と違うのは、俺が悔しくて泣いて、表情も泣き顔なのに対して、さゆりは驚いたような顔をしていたのだ。まるで今事実を知ったかのように。

「ア……ナタ、アナタ、は……」

何かを呟こうとして、さゆりの震える口が止まる。ガクガクと体が揺れ、拳を握り過ぎたのか、その手が青白くなっていた。

ぼろぼろと涙を流すさゆり。嗚咽（おえつ）を押さえようと泣きじゃくるさゆりを優しく抱きしめた。

お前はそんなこと気にしなくていいんだよとでも言うかのように。

何でそんなことを思ったのかはわからない。けれど抱きしめなければいけないと思った。俺の妻を。俺が台無しにしてしまった妻を。

――違うんだ、お前は悪くないんだ。全部俺が悪いんだ。

何が悪いのかなんてわからなかった。思い出せなかった。けれどどうするのが当たり前だと思った。

さゆりの頭を撫でながら、スクリーンを見る。

最後まで仲違いをしたまま終わる、中途半端な話がそこにあった。

*

今日は仕事が休みだ。前日にはしゃぎすぎたのか、筋肉痛で体のあちこちが軋（きし）む中、俺はベッドに横になって惰眠を貪（むさぼ）っていた。

……妻に起こされるまでは。

「ねぇ、アナタ。掃除手伝ってくれないかしら」

ぴょこん、と俺が買ってやった真白いフリフリのエプロンを着てさゆりが俺の顔の前に飛び込んでくる。

今日もさゆりは可愛いなぁ。

起き上がる前にさゆりを抱き寄せる。さゆりは驚いたものの、為すがままだ。

そのままぎゅうと抱きしめると、ほのかに温かい体温が伝わってきて心地よい。

「〜アナタっ！　もうっ」

しばらくそのままでいると、じたばたと腕の中でさゆりが暴れる。

その抵抗すら何だかマッサージみたいで気持ちよいのでそのままにしていると、さゆりの頭がゴンゴンと顎にあたる。さゆりなりの抵抗策のようだ。

可愛いので放置しておこうかと思ったが、あまり妻の話を無視するのはいただけない。

なのでさゆりごと起き上がると、さゆりを胸に抱いたまま問いかけた。

「掃除だったな、いいぞ。どこを掃除すればいいんだ？」

本当はもっと寝ていたいし、俺を起こそうとしてすりすり寄ってくるさゆりの可愛さを堪能しても良いのだが、さゆりのお願いはなるべく聞いてやりたい。

「えっとねぇ、下の物置の段ボールを積み上げてほしいの。私にはちょっと大きいし重いから持ち上がらなくて」

下の物置……。ああ、さゆりがいつも肉の解体に使っている場所か。主に鶏肉(とりにく)とか固まり肉とかアンコウを解体するときに使う場所で、解体のための道具やなんとなしに家にあるものとかを置いている場所でもある。

特に装飾する必要もないので、経費削減も兼ねてコンクリートがほぼ打ちっぱなしの部屋で殺風景だ。解体のために電球は明るいが、俺はあまりいたくはない。

「ん、わかった。じゃあ適当に積み上げたら声をかけるよ」

「お願いね」

俺が了承すると、さゆりはにこやかに階段を降りていった。

恐らく自分の用事を済ませにいったのだろう。

その姿を見送ったあと、大きな欠伸(あくび)をして背伸びをする。

さて、俺も俺の用事を済ませに行こう。

物置は一階にある。

かちゃりと少々重い扉を開けたら、物置にしては広い部屋が広がった。

入って右手がさゆりの解体場所なので、あまり右部分は触らないようにする。

左の方に目をやると、段ボールが二～三段積まれて置いてあった。

恐らくさゆりの力ではこれ以上上には積めなかったのだろう。普段ならそれでも問題ないようだが、段ボール群が解体場所を脅かすような場所にまで置かれている。

これ以上広がるようなら、さゆりの解体作業に影響が出てしまう。アンコウを家で食べられるなんて幸運、俺は逃すわけにはいかないのでさっさと片付けてしまうことにした。

「よっと」

重くも軽くもない段ボールを持ち上げて積み上げていく。あまり高く積み上げるのも危ないだろうが、四〜五段ぐらいなら大丈夫だろう。

入口近くをあけておけばいざというときに段ボールが入口を塞（ふさ）ぐこともない。

最後の段ボールを積み上げた後、もう他にないだろうかと辺りを見回す。

「あ……」

そこは、白い部屋だった。

この部屋は元々白い。けれど、今はもっと白かった。

何で白いのかと思ったら、白い粉が辺りに舞っているからだった。

最初雪のように見えたそれは、手に取ってみると小麦粉のようなさらさらしたものだと気付く。

「……っ」

手に付いた途端に、何故だかそれがとても禍々（まがまが）しいものに見えた。

振り払おうとしても水がなければ肌に塗りこむことにしかならない。

必死になって払うが、辺り一面に舞う粉を避けることはできない。

「げほっげほっ」

しばらくすると口の中にまで粉が入ってくる。気持ち悪い。この粉は吸ってはいけないものだ。吸ったら幸せな人生が終わってしまう。それだけしか求めなくなってしまう。

狂ったように暴れるが、相手が粉では意味がない。

口を閉じて吸わないようにしても、鼻から入る分はどうしようもなかった。

ならば息すら止めてしまおうと息を止めようとした瞬間、粉が喉（のど）に入り込んで大きくむせる。

だめだ、このままではだめだ。

早くなんとかしないと、前と同じになってしまう。

……何で同じになってしまう？

前と？　前なんて俺には。

この粉を吸い込むと危険だと知っているのは何故だ？

アレだと知っているからだ。

アレとは何？

アレは、アレは、アレは。

もう少しで何かを思い出しそうになる。白い粉の世界で、俺は頭をフル回転させて考える。

俺は、アレを飲まされて、そして妻を、さゆりを。大事な、命よりも大事な。

「さゆり、を……」

「私がどうかした？」

何かを思い出しかけた瞬間、霧散する。今はまだ思い出してはいけない。と頭が言う。

その言葉を頭を振ってかわしてさゆりの方を見た。

「何でもない、ちょっとさゆりに会いたいなぁと思ってただけだ。それよりさゆりはどうしたんだ？」

適当に思っていた心の中の言葉を一つさゆりに言う。もちろん偽りではない。俺はさゆりとあまり離れていたくはないというのは本心だからだ。

「え？　う、うん。あのね、遅いから様子を見に来たの」

俺のいきなりの発言に、さゆりが照れながら答える。時計を見ると作業をはじめて二時間は経っていた。

「お？　いつの間にこんなに時間が経ったんだ。ごめんなさゆり、もう段ボールは積んどいたから終わったよ」

くしゃくしゃといつもの調子でさゆりの頭を撫でる。さゆりは辺りを見回して確認しているようだ。

「うん、ありがと！　解体するところに段ボールがきちゃって困ってたの。血とか肉とか飛んで段ボールについたりしたら、せっかく清潔にしてるのに意味がなくなっちゃうし」

にこりと笑いながら喜ぶさゆり。確かにここを水洗いをしたりして綺麗に保っているのはさゆりだ。

「じゃあもうお掃除はおわりね！　二階で休憩しましょ」

俺の服の裾を持ってさゆりが扉へと向かう。

物置から出る瞬間、後ろを振り向いたが、そこにあるのはただの白い部屋だった。

＊

またいつものように晩ご飯を食べていると、さゆりが何やらそわそわしていた。

何か気になっていることがあるのだろうか。俺に聞きたくても聞けない、そんな顔をしていた。

「どうしたんださゆり、何か聞きたいことでもあるのか？」

中々聞こうとしないさゆりのかわりに、俺が話を切り出す。ちなみに今日の晩ご飯はチキンステーキとポテトサラダにオニオンスープだ。

「えっとね、うーん、あのね……」

俺の問いかけに対して、さゆりはモジモジと何か考えている。どうやらどう切りだそうか考えているらしい。

それを、ポテトサラダを口にしながら待つ。……うん、今日のポテトサラダも中々塩味が絶妙な加減できいていて美味しい。

「その、明後日って、何の日か覚えてるかしら？」

少し照れながら、さゆりが聞いてくる。

……明後日は何の日？

まずい、何の日かわからない。全然思い出せない。さゆりの誕生日……違う。俺の誕生日でももちろんない。だとしたら何の……。

「……」

俺があーでもないこーでもないと慌てているのをさゆりがじーと冷たい目で見てくる。

やばい、俺が何も覚えていないことに気づかれてしまった。

「アナタ、もしかして何の日か覚えていないの？」

さゆりの冷ややかな目が俺を見つめる。部屋はいつの間にか何だか寒くなっていた。

まだいける！　今思い出したらこの窮地を抜け切れる！　と必死になって思い出そうとするものの、慌てれば慌てる程余計な所に考えがいって肝心の情報が手に入らない。

冷や汗をだらだら流しながら、どうしようどうしようと考えていると、さゆりがバンッとテーブルに手を叩きつけて立ちあがった。

「もういい！」

そのまま晩ご飯を残して寝室に走っていくさゆり。慌てて追いかけるも、既に寝室の扉は固く閉ざされていた。

「さゆり……その、ごめん」

謝ってもさゆりは出てきてくれない。寝室には鍵がかかっていた。

「さゆり、おいさゆりっ」

いくら声をかけても、さゆりは出てきてはくれなかった。

「知らない！　大事なことなのに、あんなに楽しみにしていたのに忘れるなんて知らない！　アナ・

タ・なら覚えてくれてると思ったのに！」

扉の向こうでさゆりの泣く声が聞こえる。

泣かすつもりなんてなかったのに、さゆりの泣き声が俺を責め立てる。

「ひっく……ひっく……」

「ごめんな、さゆり……ごめん」

謝る声もむなしく、さゆりは泣き続けるばかりだった。

「ずっと前から……約束、してたんだよ……？」

さゆりがぼそりと呟く。その悲しそうな声を聞いても、俺は約束を思い出すことができなかった。

「さゆり……ごめん……ごめん……。絶対思い出すから………」

扉を一枚挟んだだけなのに、さゆりがとてつもなく遠く感じられた。

＊

「はぁ……」

家に帰るのがこれほど鬱になるのも、今日がはじめてだ。

いつもは気分ランランで陽気も陽気。周囲の人に気味悪がられるぐらいなのに。

「どうやって謝ろう……」

昨日は結局さゆりは寝室から出てこなかった。

仕方なく俺は客間で寝たが、時折聞こえるすすり泣きが俺の心を酷く痛めた。

けれど、俺が悪いのだ。

「結婚記念日を忘れてたなんてな……」

しかも、さゆりと俺がはじめて会った日でもある。そんな日を忘れていたらそりゃあ怒るだろう。

しかも俺はつい数日前にはきっちり覚えていたのだ。嬉々として「この日はお休みとってるわよね！」と言うさゆりに二つ返事で「当たり前だろ」と答えたのも思い出した。

随分前からさゆりはうきうきと準備していたのだ、それを俺は……。

「とりあえず、機嫌直しのためのケーキは買ってきたけど……」

こういうものは誠意があってこそだ。後押しにはなるが決定打にはならない。

しかもよりにもよって今日は残業で遅くなってしまった。何で今日に限って……。

朝、こっそり枕元に置いてあった目覚まし時計に起こされた。

食卓に行くと数分前に作られたのだろう、湯気をたてる出来立ての朝食が置いてあった。

それを見た瞬間、俺は思わず涙が出た。

それでも思い出すことができなくて、泣きながら食べた。

ようやく思い出せたのは今日の昼、いつもと変わらず作ってくれた弁当を食べているときだった。

本当に、何で今まで忘れていたのかすらわからないほど鮮明に、俺の頭に〈結婚記念日〉という言葉が出てきたのだ。

……もう夜も遅い。一応メールで残業報告を入れたから、さゆりはもうご飯を食べただろうけど……。

「最悪、寝てる可能性もあるよな……」

謝るタイミングが難しい。かと言って明日まで延ばしてしまったらさゆりの機嫌は戻らないだろう。

「はぁ……。当たって砕けろ。男だろ、大志」

鬱に浸っている間についてしまった玄関の前でえいっと気合いを入れる。

そしてそのまま いつもの調子で玄関の扉を開けようとする。チャイムを鳴らしていないから、鍵が開いていないのに。

……けれど、扉は抵抗なく開いた。

「……おかえりなさい」

そこには、いつものように玄関に立っているさゆりの姿があった。

それを見て俺は、心臓が締め付けられるような感情のままさゆりを抱きしめる。

驚いたさゆりが慌てて俺を引き離そうとしても、俺は離れなかった。

「待っててくれたんだ」

「……うん」

夜も遅いのに、昨日喧嘩したのにこうやって俺の帰りを待っていてくれたさゆりが愛しくて。喧嘩しているときなのに、思わず笑ってしまった。

「ごめんな、俺頭悪いから」

「そんなの、知ってる」

さゆりがふい、と俺から目を逸らす。

「明日は結婚記念日だろ？」

ぎゅっと抱きしめた腕に力を込めると、さゆりがびくりと震えた。

「……うん」

「有給、とれたかどうか聞いてたんだよな」

「……うん」

「……とれてるから」

「……うん」

一言だけの会話が続く。最後の言葉に、さゆりはほんの少しだけ嬉しそうに笑った。

「……ごめんな」

「……うん……ごめん」

俺がもう一度謝ると、さゆりも俺の目を見ながら俺に謝った。

「ほら、外はまだ寒いから中に入ろうか」

「……うん」

さゆりが何度目かの頷きをする。それを確認すると、俺はさゆりを抱きしめたまま玄関に入った。

「ふ～いいお湯だった」

あれからさゆりにお風呂沸いてるからとお風呂に突っ込まれて、入浴剤の入った湯にじっくりと入っていたら少しのぼせた。

倒れる前にお風呂から出て体を拭いてパジャマに着替える。

そしてそのまま居間に出ると、さゆりが戸締りの確認をしているところだった。

「ん？　全部閉まってるか？」

「うん、ちゃんと閉まってた」

最後の確認を終えたのか、さゆりはぺたぺたと俺の方に寄ってくる。

まるでその姿が抱きしめて～と言っているように見えて大層可愛かった。

しかしここは我慢しておこう、今日はゆっくりさゆりを抱きしめて寝られるのだから！

「よし、じゃあ寝るか」

さゆりを連れて寝室に入る。たった一日だけだというのに、ここで寝るのは随分久しぶりのような気がした。

「あ、ちょっと待って、アナタ」

布団に潜り込み、さぁ寝ようかとさゆりを抱きしめると、さゆりが頭を上に向けて俺の方を見る。

「ん？　何だ？」

その顔があまりにもきらきらしているので、思わず抱きしめる力を強めてしまうと、さゆりから「きゃぷ」とかいうこれまた可愛らしい声が聞こえた。

「お、おやすみのキスは？」

な、なんだと……？
いや、おかしくない、おかしくないぞ。だって俺達は夫婦なんだからな！
むしろ今までだってあちこちでキスしていたじゃないか！
それに無言でキスをしまくっている！　だから問題はない！　ないったらない！
「も、もちろんあるぞ！」
何故か緊張して少しどもってしまう。
そういえばいちいち確認してキスするのは久しぶりな気がする……。
そりゃ今からキスをする！　と思ったらドキドキするのも当たり前かもしれない。
さゆりの方をちらりと見ると、さゆりはぎゅっと目を瞑って待っていた。
あー……ドキドキする。本当に、ドキドキする。
別にこれがはじめてってわけじゃないのにやけにドキドキする。
そのまま、じっと目を瞑るさゆりにそろそろと近づいていく。
そしてさゆりの肩を優しく抱きしめなおした。
さゆりの肩がビクッと強張ったような気がしたが、さゆりは抵抗しない。
当たり前だ、自分からお願いをしてきたんだから。
目を瞑るさゆりの口に自分の唇を近づける。
そして……。
ちゅ、というなんともそれらしい水音がした。

「～～～～～～!?」

さゆりがびっくりしたように目をぱちくりさせた。

それも当然だろう、何故なら唇ではなく、横のほほに口付けたのだから。

「ほら、おやすみ。唇にちゅーはまた明日な」

気恥ずかしくてつい避けてしまった。しかし明日ならまた無言で濃厚なキスをすることができるだろう。

そう思って「え？　え？」とまだ状況がつかめていないさゆりの頭をぽんぽんと叩くと、さゆりが「もう……」と呟く。

俺はそれを聞こえなかったことにして目を瞑った。

さゆりは可愛い。こんな日がずっと続けばいい。

愛するさゆり。さゆりが中学生の頃からずっと好きだった。付き合えた時は天にも昇る気持ちだった。ずっと一緒にいたかった。だから結婚した。

死ぬまで、いや死んでもさゆりを愛し続けるんだ、そう誓った。

何があってもさゆりを愛し続けよう、この愛しいさゆりを悲しませたりなんかしないように頑張ろう。ずっとさゆりと一緒にいよう。

そこまで考えたとき、暗闇（くらやみ）の中で誰かの声が聞こえた。

――本当に？

「ああ、もちろんさ」

その言葉に即答する。

――うそつき。

けれど聞こえてくる声は俺の答えを違うと言った。

――何も覚えてないくせに。

――さゆりを愛していないと言ったくせに。

――都合の良い言葉ばかりだ。

――何て情けない、涙が出る。

――簡単に屈してしまったくせに。

――愛してるなんて、軽い言葉を吐くな。

さゆりを愛していないなんて言っていない。何を言っているんだと声に対して叫ぶが、声はずっと俺を責め続ける。

痛い。体が痛い。急に倦怠感と吐き気、頭痛がした。

――ほら、この痛みだ。

――ほら、この苦しみだ。

――ほら、この悲しみだ。

――全部お前が耐えきれなくて、そして手放したんだ、愛する妻を。

何の話だ、何を言っているんだ。そもそもお前は誰なんだ。

苦痛に耐えながら叫ぶ。俺は何でこんなことになっているんだ。

――俺か、俺は。

声が急に悲しそうな声になる。暗闇の中、ぼんやりと目の前に影が出てきた。

影は徐々に形を成していき、そしてそれは一人の人間の姿になった。

誰だろうと目を凝らしてみると、そこにいたのは。

「俺……？」

――ああ、お前だ。愛する妻を失った、俺だ。

「何を言ってるんだ、さゆりは俺の腕の中にいるじゃないか」

〈俺〉はおかしなことを言う、さゆりはずっと俺の傍(そば)にいるのに。

――いない。もういないんだ。お前が手放すから。苦痛に耐えきれずに手放したから。

「何の……話だ？」

徐々に苦痛が大きく、深くなっていく。もう声を出すのも辛くなってきた。

――なぁ、さゆりを愛しているか？　俺の妻を、愛しているのか？

声が、聞いてくる。当たり前のことを。

もちろんだ、と答えようとして口が動かないことに気づいた。

言う気がないんじゃない、体がもう動かなくなっているのだ、激痛で。

――その激痛はずっと続くぞ、俺がさゆりを諦めない限り。

しかし目の前の〈俺〉は俺の回答を聞かずともわかっているという風に言葉を続ける。

――それでもさゆりを愛するのか？　死ぬまで続く激痛を受けても、さゆりの傍にいたいのか？

〈俺〉の声はどんどん悲痛なものになっていく。懇願するような、激痛にさいなまれる俺よりも酷い苦痛を受けているような、そんな声だった。

体が、痛い。死ぬほど痛い。こんなに痛いのなら、確かにほんの少しだけ考えてしまう。さゆりを手放すことを。

痛い、でも。

「さゆりの傍に、いたいんだ……俺はもう、間違えないから、気付いたから、この激痛よりも、苦しみよりも、何よりもさゆりを失うことの方が、■■■■を失うことよりも悲しくて辛いことだと気付いたから――」

涙が、ぽたぽたと溢（あふ）れ出る。

愛してるんだ、さゆりのことを。何よりも。

俺は間違えた。確かに間違えてしまったんだ。でも、それでも、もう一度だけチャンスがあるのだとしたら――。

「俺は決して間違えない。さゆりを、愛してる」

それだけ話して、俺はその場に崩れ落ちる。もう立ち上がることすらできない。

だが俺はさゆりを手放すことについてもう二度と首を縦に振らないだろう、例えさゆりが傍にいてくれなくなっても、さゆりが幸せなのならば、俺は一人この激痛に耐えてみせる。

俺の答えに、目の前の〈俺〉は苦笑いしながら、それでも満足そうにこう言った。

――なら、帰ろうな。さゆりの元に、帰ろう。

消えていく〈俺〉は俺に何かを渡して笑った。

閑話　料理

ゴロゴロと、配膳台を用意する。

あの人は部屋にいる。私が引き止めたから。

……優しい人、あの人は私の最後の願いを聞いてくれた。

私の手料理を食べてほしい、これだけだけど、別れる女の手料理なんて食べたくないだろうに彼は頷いてくれた。

これが最後だからと思いっきり腕を振るう。

熟成させた牛肉の美味しい部分を厚切りにしてステーキにする。

焼き加減をしっかり見てレアに仕上げる。失敗してはいけない、だって最後の私の料理なんだから。

付け合せを炒めてソースと絡める。味付けも濃すぎず薄すぎず、あの人の好みの濃さに調整する。

失敗していないかしら、あの人への料理は毎日のように作っていたけれど、あの人に食べてもらうのは久しぶりだから、味の好みが変わってしまったのかもしれない。

けれど今更聞くわけにはいかない、私がわがままを言っているのだから。

味見をしてもらおうと、近所の子を誘ってみようかと考えたけれど結局やめた。

食べてもらう寸前まで考えたけど、これはあの人にだけに作った料理。他の人に味見をしてもらっても意味がない。スープを作ってほどよく煮る。感触を残すために後から入れる材料は食べる直前に入れよう。そう考えて端に寄せると、一つの瓶が目に入った。

「……」

この瓶は睡眠薬。あの人と二人で夢を見るための睡眠薬。

けれど起きるのはあの人だけ。私は起きるつもりなんてない。

もちろん遺書は用意したし、あの人に害ができるだけないように考えたつもり。

あの人に飲ませる薬はほんの少し。多分一日も寝ていないと思う。

だから、最後の夢だ。一緒に眠る最後の夢。

その最後の夢に、私は何を見るだろう。

幸せな夢かしら、それとも……。

できれば昔の頃の夢を見たい。幸せに二人過ごしていたあの頃の。

けれど無理ね、あの人の心は今はもう私にないもの。

そこまで考えて、薬の瓶の蓋を開ける。

料理に混入するのもいいけれど、それでは味が変わってしまう可能性がある。

だから飲み物にすり潰した粉を入れた。

慎重に、私とあの人の飲み物を間違えないようにわかりやすく飲み物を変えて。

出来上がった料理を配膳台に載せていく。冷めないように蓋をして。

それをゴロゴロと物置の前まで持っていった。
……緊張する。あの人は待っていてくれたかしら。
実はもう帰っちゃったかも。
そう考えながら扉のノブに手をかける。
もちろん鍵なんてかかっていない。あの人を閉じ込めるつもりなんてないから。
ゆっくりと扉を開ける。
さぁこれが最後、最後の願いと夢。

――さぁ、アナタ。最後の夢を見ましょう――

第七章　そして最後の夢を見る

ソシテ

サイゴノ

ユメ

ヲ

ミル

……夢を見た。

「ひっく……ひっく……」

誰かが泣いている。顔がよく見えない。

でも、顔が見えないけれどそれが誰だかはわかる。

黒い、肩より少し下まであるストレートヘア。

綺麗な白い肌。

いつも着ているニットのセーターにスキニーパンツ。

……さゆり、だ。

「ひっく……ひっく………」

泣いている。

「う……ひっく……」

さゆりが、泣いている。

「ひっく……アナタ……」

泣いている。さゆりが心を痛めている。

「アナタ……ごめ……ごめんなさい………」

謝っている。さゆりが謝っている。さゆりが謝る必要なんて、どこにもないのに。

「ごめん……ごめっ……んなさ……」

家に一人っきりでさゆりは泣いている。ずっと一人で泣いている。

広い家にたった一人で泣いている。ごめんなさいと泣いている。

温かいはずの家は冷たく思えた。

「アナタ……ごめんなさ……ひっく……」

さゆりに悪いところなんて一つもないのに、謝っている。

何も悪くないはずのその謝罪は、何よりも自分の罪を嘆(なげ)いていた。

「ごめ……アナタ……だから……帰ってき……て……」

本当に、自分に非があったと思って謝っている、泣いている。

俺はまだ帰ってこない。いや、帰ってくるはずがない。

このときの俺は、確かみゆきの元にいたはずだから――。

帰ってこないことを知らないさゆりはずっと謝り続けている。

自分のせいで、自分が不甲斐(ふがい)ないせいで、自分の態度が悪いせいで、自分の容姿が悪いせいで。

自分を責めて責めて。

その光景を見ていたくなくて、謝るために手を伸ばしても、手はむなしくさゆりの体を過ぎるだけだった。

「ごめんなさい……」

（ごめん）

「帰って……きて……アナタ…………」

（うん、帰りたい）

「ひっく……ごめん……なさい……」

テーブルの上には冷えたご飯。

俺が褒めた、俺が好きなさゆりの料理。

栄養を考え、彩りも良くて、笑いながら出してくれたさゆりの料理。

それが今やくすんだように見えた。さゆりの心のように。

俺は何がしたかったのだろう。ずっと連れ添った妻を放っておいて何がしたかったのだろう。

何故みゆきを選んだのだろう。何故俺はさゆりの傍にいないのだろう。

最初は、みゆきのことなんて眼中になかった。

さゆりの姉妹、それぐらいの認識だった。

何回もアプローチをされたのを覚えている。けれど、その度に思ったのは「さゆりに誤解されないか」ということだけだった。

だから、俺は何故みゆきを選んだのかがわからない。

ある日突然みゆきを想うようになった。

本当に、突然だった。

けれどそれでもさゆりを想う気持ちが勝っていた。

それでも徐々に徐々に何かが崩れていくかのように俺はみゆきを想い、みゆきの言いなりになっていった。

最後の方の俺は暴力的な人間として最低な男に成り下がっていた。

俺に一体何が起こったのか、その時の俺には知る由もなかった。

けれど、さゆりを泣かせたのは、悲しませたのは俺だ。それは変えようのない事実だ。

だから俺がみゆきの元に行った非は認めなければならない。最終的に選んでしまったのは俺なのだから。

「ひっく……ひっく……。大志(ひろし)……ごめんなさい……。だから…………帰ってきて…………」

泣き声が大きくなる。とうとう耐えきれなくなったのか、さゆりは顔から手を外し、それでも声を抑えて泣いた。

咆哮(ほうこう)するかのように、叫ぶかのように。

(さゆり)

俺の声は届かない。何を言っても、何をしてもさゆりには届かない。

当たり前だ、だって俺はここにいないんだから。いない人間は何もできない。

さゆりが泣いている。さゆりが、悲しんでいる。それなのに慰(なぐさ)めの言葉一つもかけられない。

ずっとずっと、泣かせたくなかった女の悲しみの泣き声を聞かされ続ける。

——神様、それが俺の罰ですか？

さゆりを捨てて他の女に走った俺への罰ですか？

神様、ならば願います。

この目の前の妻の悲しみが、どうか現実ではありませんように。

この世界が空想であれば、俺の中だけの地獄であれば、さゆりは現実では笑っているだろうから。

だから神様、お願いします。

さゆりに、こんな悲しみを与えないでください――。


フラッシュバックする最後の映像。

さゆりが泣きながら俺を引き止める。

白い部屋で、最後の食事をしようと言う。

白い部屋、白い部屋。最後に泣いたさゆりの涙がとても綺麗だった。

根負けして食事をすることだけを約束した。嬉しそうに笑うさゆり。

その顔には何の策略もなかった。ただの純真な笑みだった。俺に食べてもらうのだからと、これで最後だからと腕を振るうさゆり。

最後であることを知っていて、それでも頑張って料理を作った。

テーブルに並べられる料理。夫と二人っきりで、自分が作った料理で食事ができる。

……たったそれだけのことを、さゆりは馬鹿みたいに喜んだ。

食材に金を惜しまなかったのだろう。そして一番の愛情をこめたのだろう。

その料理は……とても美味しかった。

その時俺は何でみゆきの元に行ったんだろうと考えた。

そして、いつからみゆきの元に通うようになったのか、その最初の決定的な出来事を思い出したとき、急に眠気が俺を襲った。

さゆりを見るとさゆりが悲しそうな顔で笑った。

料理に何か混入されていた。それに気づいたときはもう遅かった。

でも俺はそれでもいいと思った。入れたものは毒薬か何かだと思った。ここでさゆりと二人で死ぬのも悪くないと思った。

……でも違った。

さゆりは言った。

「最後の願い」だと。

さゆりの願いは二人で一緒に夢を見ること。最後の夢を見ること。

そして、覚めることができるのは俺だけだということ――。

「ごめんなさい」

心底すまなそうにさゆりが謝る。

でもそれはこっちの台詞(せりふ)だった。そのまま覚めなくてもいいと思った。

さゆりと一緒にずっと眠り続けることができるならどんなにいいだろう。

けれどさゆりは笑って首を振った。

「アナタは、アナタの人生を生きて」

「違う、俺は、俺の人生は――」

口が上手く動かない。伝えたい言葉が声にならない。

やっと気づいたんだ、やっと思い出したんだ。さゆりと一緒に料理を食べて、ようやく自分の願いに気づいたんだ。
■■で偽りの感情を持ってしまった。もうどうしようもないかもしれない、けれど、俺の、俺の本当の願いは、俺の人生は、俺の……最良の、人生、は。
（お前と、一緒に過ごすことなんだ）

俺の体は最後まで言葉を言わせずに深い眠りにつく。

そしてさゆりと俺は夢を見る。二人っきりの夢を。

さゆりの願い通りに、俺の願い通りに。


「さゆり……」

そこで、目が覚めた。ちゅんちゅん、という鳥の声が聞こえた。

明るい室内。俺がみゆきの元に行く前の状態の我が家。

温かい家、美味しい料理、やりがいのある仕事。そして……愛しい妻がいる。

そう、俺は思い出した。ここは夢なのだと。

眠りについてからの全ての記憶が今の俺にはあった。きっと眠る前に〈俺〉が俺に渡した記憶はこれなんだろう。全てを忘れてしまった俺と全てを知っていた〈俺〉。

さゆりが幸せそうに笑うから、きっと〈俺〉は思い出したくなかったんだ、幸せを壊してしまいそうで。俺の幸せが何なのかを知っていたから。

けれど〈俺〉はわかっていたんだ、本当に幸せになりたかったらこのままではいけないのだと。

二人の夢、何回も何回も繰り返した二人の夢。幸せな夢。

もう存在しない、夢の中でしかありえない過去の幸せ。

夢では色んなことがあった。きっとさゆりがしたかったことがいっぱい詰まっていたんだろう。

俺がしたいと思っていたこともいっぱいした。さゆりが叶えてくれたんだろう。

さゆりに殺されたことも何回かあった。俺がみゆきのことを考えて発狂するから。

発狂する俺はさゆりを幾度となく傷つけた。多分アレが現実の俺の行きつくところなのだろう。

だから俺はさゆりを恨んでなんかいない。俺がみゆきにされたことを知らないさゆりには、この夢の中での最良の対処法は俺を殺してリセットすることだろうから。

さゆりはどれだけ俺の言葉に怯えただろう、最後の方の記憶でさえさゆりは悲しそうな顔をしていた。その悲しさに慣れることはできなかったのだろう。そう考えると俺の心も締め付けられたように悲しくなった。

何度もデートに行った。何度も笑いあった。抱きしめあって、この幸せが続くようにと願った。

幸せだった、本当に。

毎日が幸せで、ただ一緒にいることがこんなにも嬉しくて。

失くした幸せを、もう一度失いたくはないけれど——。

今はまだ夢の中。けれど、たとえ悲しくても俺は起きなければならない。

気づいてしまったから、全部思い出したから。

夢ではずっと続けられない。これでは根本的な解決にならないから。

もう一度、本当の意味で俺とさゆりの幸せを取り戻すために俺はやらなければいけないことがある。

ゆっくりと体を起こして台所へ向かう。今日が結婚記念日ならさゆりは台所で今日の料理の支度をしているだろう。……前もそうだったから。

階下に降りて、さゆりの元へゆっくりと歩いていく。

そして、その背中に、小さくなってしまった背中に声をかけた。

「さゆり」

「あれ？　アナタ、今朝は早いのね」

さゆりが何の疑いも持たずに俺の方へ振り向く。当たり前だ、さゆりにとって俺は眠る前の記憶を失っているはずなのだから。

その刹那（せつな）の悲しさが混じった笑顔を、抱きしめた。

「えっ？　えっええ!?」

驚くさゆりをもう放さないとでも言うかのようにきつく抱きしめる。

思い出した俺にとっては、正真正銘の久しぶりにさゆりを抱きしめた。その体の柔らかさを、ずっと失っていたその儚（はかな）さをもう失うまいと抱きしめた。

「ごめん……さゆり」

そして、謝った。これまでのことを、一言だけでは足りないけれど、それでも言わなければならないから伝える。

「どうしたの……？」

さゆりが疑問を抱いた顔でこちらを見る。それはそうだ、だって今まで結婚記念日にこんなことしたことないのだから。

さゆりの顔には疑問の他に悲しみとほんの少しの恐怖が混ざっている。

俺の言葉が何を指しているのかを必死に考えているのだろう。

そして、その結果が不幸なことだと思い込んでいることも俺には痛いぐらいにわかっていた。

「本当に、ごめん」

再度謝る。だってまず俺は謝らなければならないから。

「ええ!?　急にどうしたの？」

「ごめん……本当にごめん。もう、不倫なんてしない」

「え……？」

さゆりの質問に答える形で謝る。さゆりはまだ俺が思い出したことに気づいていない。

だから、さゆりが息をのんだのは、不倫という言葉に対してだ。

それほど、さゆりの心に不倫は響いていた。

「みゆきのことなんて二度と言わない。だから、チャンスをくれ、俺に。これからはさゆりのことだけを愛し続けるから……っ。何があっても、さゆりのことだけを……っ！」

誓いを、口にする。昨日の〈俺〉に聞かれた言葉。それをようやく理解した。

俺は薬を盛られたんだ、みゆきに。だからあんなことになった。みゆきのせいでもあるが俺のせいだ、俺が早めになんとかしておけば、さゆりを傷つかせずに済んだのに……っ。

方法は色々あったんだ、もっと早くに気づいていれば俺は最悪みゆきの元に行かなくて済んだ。さゆりに相談すれば、さゆりに黙って行動なんてしなければこんなことにならなかった。

自分の馬鹿さ加減が嫌になる。さゆりは妻だろう？　俺が相談しなかったのはさゆりを心配させまいとしてだが、それは単に信じることができなかった言い訳にしか過ぎない。

だからこれは誓い。もう二度としないという誓い。これが破られれば、今度こそ俺は死ぬだろう。そこまでして囚われているのなら、もう俺はこの世に用はない。

「大志……」

さゆりが泣いている。けれど悲しくて泣いているんじゃないことだけはわかった。

「本当……？　嘘、じゃないよね？」

「ああ、嘘じゃない」

「う……れしいよ……」

さゆりが泣く。嬉し涙を流す。さゆりの嬉し涙は夢の中で何度も見たが、この涙だけは意味が違った。偽りじゃない愛を誓ったことがさゆりにとっては嬉しいのだ。

記憶がない俺が幾度となく愛を誓おうとも、未来を知っているさゆりにとってそれは慰めにしか過ぎない。けれど今、記憶がある俺が言うのであれば、それはさゆりの知る未来も変わったということだから。

俺の目にも涙が溢れ出た。後悔の涙はすぐにさゆりと一緒の涙になった。

「うん……嬉しい……。これからは、ずっと一緒だね。……このままずっと一緒だね」

さゆりが目を閉じて嬉しそうに笑う。

その顔を見て、俺はもう一つの決意を口にすることに一瞬揺らぎを感じた。

このままずっと一緒。

それはきっと夢の中での話なのだろう。幸せな夢の中でずっと一緒だと言うのだろう。

俺もこのままずっと一緒にいたい。幸せな夢だけを見ていたい。けれど、けれどだめなんだ。俺はさゆりを傷つけるかもしれないけれど、その決意を実行しなければならないんだ。

俺と、さゆりの本当の幸せのために。

「このままずっとは……無理だ」

「え……？」

さゆりの顔に絶望が広がる。そんな顔は見たくはなかった。

愛する女の絶望する顔なんて二度と見たくない。だから俺はこの顔をきっと幸福で満たした顔に変えてみせるから、だから。

「このままはだめなんだ、さゆり」

ここで止めるわけにはいかなかった。このまま夢を見続けるわけにはいかなかった。

夢の中で何年過ごしただろうか、けれどそれは現実とは違う時間帯なのだ。

現実で何日経っているかはわからない。けれど確実に言えることは現実と夢の時間の流れは別ということ。恐らく夢の中の方が長いのだろう、二人で夢を見ているということがその証拠だ。既に夢の中では何十年と経っている。これが現実ならとっくに俺達は白骨化しているだろう。

さゆりが死んでいたら、もうこの夢はおしまいになっている可能性の方が高かった。

だから。

だから……っ。

一つの、可能性が、俺の頭の中に、あった。

悲しい可能性が多数存在する中に、唯一光り輝く俺たちの本当の幸せに必要な可能性。

〈俺〉が俺に優しい夢を見続けさせずに残酷な記憶を戻した理由。

たった一つの、希望、それは。

さゆりが……さゆりがまだ生きている可能性があることだ……っ！

生きてるんだ、さゆりが！　ずっと一緒に幸せに過ごしたい相手が！　まだ！

ここで夢を見続けている方が良かったと後悔するかもしれない！

本当はもう死んでいるかもしれない！　何らかの事情でまだ夢を見ているだけに過ぎないかもしれない！

でも生きている可能性があるんだ！　まだ！　生きてるならまだ助けられるんだ！　生きているならっ、息をしていてくれさえすればまだ助けられるんだ！

こうやって俺とさゆりが夢を見続けている今なら、まださゆりは生きている可能性が高い。だから、だからだから！

……今目覚めたら、さゆりが助かる可能性が、ほんの少しでもあるんだ……っ。

だから眠ったままにはできない、二人とも起きるんだ、現実へ。

俺はさゆりを助けたかった。さゆりと生きたかった。

みすみす相手を死なせる選択肢なんか取りたくなかった。

同じ後悔をするなら生きている可能性に賭けたかった。助けられる可能性に賭けたかった。

たくさん薬を飲んだと言うさゆり。目覚めるのは俺だけだと言ったさゆり。

今がどれだけ時間が経ったかは知らない。けれど今もう少しだけの甘い幸せを願ったら一生消えてしまうかもしれないんだ。

「俺は……大人のさゆりと一緒にいたい」

本心を、口にする。

ここは夢の世界。夢の中のさゆりは中学生。ずっと……中学生。

ここでは何もかもがあの日のままで止まっているんだろう。それはきっと幸せなことなんだろう。

けれど、それではいけない。夢に逃げてしまったら、いつか最悪な形で目覚めてしまうから。

この幸せな夢がずっと続かないことを俺は知っている。

俺は、一人では目覚めたくないんだ——。

目が覚めて、最初に見るのは生きているさゆりがいい。笑っているさゆりがいい。幸せそうなさゆりがいい――。

だから、こそ。

「帰ろう、さゆり。たとえどんなにつらくても、そこが現実なんだ。いつかは目覚めなくちゃいけないんだ。それを後回しにしたら、きっと最悪なことになると思う。だから……」

さゆりを説得する。

自分だけが死ぬと言ったさゆり。それならばさゆりにとってこの状況はまたとない奇跡なんだろう、それを手放せというのだから躊躇するのもわかる。けれど。

「大丈夫だ、さゆり。一緒に生きよう、起きて二人で笑おう？　こんな何でも叶う不幸な夢よりも何もわからない現実のほうがきっと楽しいさ。同じことを繰り返していたら手に入らないものも、前に進めば手に入るんだから」

「……うん、そうだね」

さゆりが納得したかのように笑う。

目を瞑り、何かをじっと考え、理解したように頷いた。

そして天井を見上げながらこう言った。

「夢はいつかは覚めてしまう。悪いコトが起きる前に……起きないとね。それに……」

さゆりが一息をつく、言いづらそうに、でも言わなければならないと決心して口を開く。

「前に進まなければ手に入らないものもある、のね。償わなければならないことだけれど、それでももう一度……あの子が私達の元に来てくれるのなら……」

その言葉を言い終えた後、さゆりの体が光りはじめた。

さゆりは決意したのだろう、目覚めることを。そして俺の真意を理解してくれたのだろう。

俺が、さゆりと生きたいということを。

そしてきっと、さゆりも俺と生きたいと選択してくれたのだろうと。

「ねぇ、大志」

「何だ？」

さゆりが、何かを一瞬諦(あきら)めたかのように口を開いた。

「私……もしかしたら現実では腐(くさ)っちゃってるかもしれないわ。自殺、したから」

「ああ……」

大丈夫、まだ生きてる、お前は生きているんだ、きっと。信じてる。

それにお前もそれを信じているんだろう？　生きている可能性があるから、それを信じたからこうやって目覚めることに同意してくれたんだろうから。

「それでも、愛してくれるかしら？」

「……当たり前だろ」

もしさゆりが死んでいたら、俺も一緒に逝こう。腐っているとか関係ない、抱きしめて、また二人っきりになろう。

さゆりの不安を掻(か)き消すようにはっきりと言う。もう俺は迷わない。ずっとさゆりを愛し続ける。

それはさゆりが生きていようが死んでいようが関係ない。

だからお前も生きるんだ、俺と一緒に。

「ふふ……大志ならそう言ってくれると思った。じゃあ……帰ろ？」

世界が、光で包まれていく。

俺の腕をぎゅっと愛しげに掴むその手にもう迷いはなかった。

さゆりの体が眩い光に包まれていく。その光景を、俺は美しいと思った。

「幸せだよ、私。今も昔も。大志に出会えて良かった――」

夢の最後の言葉をさゆりが言う。それを合図にしたかのように眩しい光で全てが包まれた。

そして俺の意識はそこで途絶えた。


「ひっく……ひっく……」

ああ、また泣いている。さゆりが泣いている。悲しそうに泣いている。

俺はもうそんな涙を流させないと誓ったのに。

「アナタ……ごめん……なさい」

何で謝るんださゆり。謝る必要なんてないだろう？

さゆりは何も悪くないんだ、今も昔もずっと。

「ごめん……なさい……。だから……帰って……きて………」

さゆり、俺は帰ってきたよ、だからもう泣かなくていいんだよ。

愛する妻の元に間違いなく俺は戻ってきたんだ。だからいつものように言ってくれ、おかえりなさいって。

「ごめ……ひっく……帰ってきて……」

うん、帰ってきたよ、さゆり。何をそんなに悲しむ必要があるんだ？

もう悲しむ必要なんてないんだ、だって俺はここにいるんだから。

な、さゆり、俺はちゃんと帰ってきたよ。

——現実に。

「さ……ゆり…………」

「大志……っ!!」

ゆっくりと、目を開ける。最初に目に入ってきたのは、見たいと願っていた愛しい妻の姿だった。

まだよく動かない体を無理やり起こしてさゆりを抱き寄せる。

その体には確かに柔らかさと温(ぬく)もりがあった。そして大人のさゆりの体だった。小さくない、今の、現実のさゆりの体だ。

「ただいま……さゆり」

「……お……かえりなさい、アナタ」

泣きながら俺の手を握っていたさゆり。その顔は徐々に笑顔に変わっていった。

やっと帰ってきた。やっとただいまを言えた。やっとおかえりなさいを言えた。二人の間にはそんな感情があった。夢ではなく、本当の言葉で。

「生きて……るんだな」

「うん……飲む薬の量、間違っちゃったみたい」

生きていた。さゆりは生きていた。

生きているさゆりに、また会えた。

〈俺〉の可能性はあったんだ、ちゃんと現実に。

まだ生きてるさゆり、その顔はやつれている。もしかしたらもう少し遅かったら取り返しのつかないことになっていたかもしれない。

けれどそれは今となっては杞憂だ。だってさゆりは生きていて、俺と一緒に生きられるんだから。

〈俺〉は気付いていたのかもしれない、もう危ないことを。そして決意したのかもしれない、目覚めることを。

その判断は正しかったと俺は〈俺〉を褒め称えよう。自分で自分を褒めるなんて変な気分だが、今回だけは特別だ。

「はは……馬鹿だな、さゆりは」

さゆりの頭をくしゃりと撫でると、さゆりは少しくすぐったそうにする。きっと現実で撫でるのが久しぶりだったからちょっと緊張しているのだろう。そういうところも可愛いと思った。

「うん、馬鹿だよ、私」

笑いながらそう言うと、さゆりはゆっくりと立ち上がった。

そしてにっこりとした表情で、何かを決意したかのようにはっきりとした口調でこう言った。

「外、行こう」

その言葉に揺らぎは一切ない。まるで初めから決めていたとでも言うかのように。

「外？」

急な言葉に、俺は首を傾げる。

「ここにいても何もはじまらないから」

けれど、さゆりの続けられた言葉に納得した。

そう、ここにいても何もはじまらないのだ、この白い部屋にいても。

夢の中と同じく、何もかわらない。せっかく夢から覚めたのだから、俺達は外に行けるのだ。幸せな、未来に。

生きているさゆりと、もう一度幸せな未来を紡ぐためには、まずはこの部屋から出なければならない。

だが夢から覚めるのに比べれば、この部屋から出るのは簡単だった。この部屋の外にはもう悲しい不幸なんてないのだから。一番悲しい不幸はなくなったのだから。

「そうだな……俺たちがどれぐらい寝ていたのかは知らないが、やらなきゃいけないことはたくさんあるからな」

ゆっくりと立ち上がる。体の節々が固くなって痛い。これはほぐすのに時間がかかりそうだ。

二人とも生きていたことを考えると、それほど日数は経ってはいないとは思うが……説明関係がしんどそうだ。でもそれも悪くない。

だって幸せになることがわかっているんだから、そんな苦労なんて屁でもないからだ。

さゆりが白い部屋の白い扉に手をかける。

その姿を見た途端。何かが頭をよぎる。そして。

「……っ」

体に、激痛が走った。そう、そう言えばこれもあったのだ、問題が。苦痛、頭痛、悲哀、激痛。

それらがミックスして俺を襲う。

みゆきに……みゆきにシテもらっていない。みゆきにシテもらっていないからこんな状態になっているんだ。だからみゆきに会わないと、みゆきに会ってシテもらわないと――。

……もう、大丈夫だろう？

唐突に〈俺〉の声が聞こえた。最後に聞こえた声のような、苦笑いの優しい声。

激痛に、歯を食いしばって耐える。そうだ、俺は決めたのだ。この痛みでさゆりを傷つけたりしないと。チャンスをくれたのなら今度こそ違えないと。

チャンスは二度はない。チャンスが手に入ったのなら、もう俺は間違えない。

この痛みがあっても、俺はもうみゆきの元なんかに行かない。一生さゆりと一緒にいると決めたのだ。

だから。

「なぁ、さゆり……」

覚悟を決めたせいか、痛みや苦しみが少し和らいだ。

「ん、何？」

さゆりがドアノブに手をかけたまま振り返る。

ああ、愛おしい。俺はもう一度手に入れたんだ。

だから、もう。

「もしかしたら……俺はこれからとてつもなく迷惑をかけるかもしれない。それでも……外に出るか？」

断ち切らなければならないもの。みゆきにされたこと、それを俺は何としても断ち切らないといけない。

一回でもその呪縛にかかったものは、一生その苦しみと戦わないといけないらしい。

その苦しみは、家族を傷つけることだってあるんだ。

俺はさゆりと一緒にいたい。でもそれがさゆりを傷つけることになるとしたら、俺は。

「大丈夫、だよ」

俺の感情を遮って、さゆりがにこりと笑う。わかっている、とでも言うかのように。

そしてもう大丈夫だとでも言うかのように俺の手を優しく握りしめた。

「さゆり……」

優しい、慈しむかのようなさゆりの声が聞こえる。俺にとっての救いの言葉が。

「アナタが、大志が私を愛していてくれるかぎり私は大志と共にいる。迷惑をかけられたってかまわない。前は進むためにあるんだもの、前があるなら進まないと。私は大志と一緒にいられるなら、大志に迷惑をかけられたなんて思うことはないわ」

すぅ、とさゆりが大きく息を吸う。そして。

「だって私達、夫婦じゃない？」

そんな、当たり前で嬉しいことを口にした。


ギィッと錆びついた音をさせて扉が開く。ゆっくりと、けれど確実に。

そしてさゆりが外へと一歩踏み出した。俺の手を握って。

一歩、一歩踏み出す。そして振り返って言った。


「さぁ大志、未来にいきましょう――――」

了

奥様は惨殺少女

発行	2014年8月31日 初版第一刷発行
著者	神波裕太
発行者	三坂泰二
編集長	万木壮
発行所	株式会社 KADOKAWA 〒102-8177 東京都千代田区富士見2-13-3 03-3238-8521（営業）
編集	メディアファクトリー 0570-002-001（カスタマーサポートセンター） 年末年始を除く 平日10:00～18:00まで
印刷・製本	株式会社廣済堂

Printed in Japan　ISBN 978-4-04-066984-7 C0093
http://www.kadokawa.co.jp/

【ファンレター、作品のご感想をお待ちしています】
〒150-0002 東京都渋谷区渋谷3-3-5 NBF渋谷イースト
株式会社KADOKAWA　MF文庫J編集部気付「神波裕太先生」係　「wogura先生」係

エンターブレインのホラーノベルズ

包丁さんは誰でも殺せる。
だから憎いやつがいたら、
殺してもらえる——

丁町（ひのとちょう）の学校にひとつぐらいはある
〝包丁さん〟のうわさ。
ほんの軽い気持ちで、
呼び出す儀式をしてしまった……
閉ざされた学園内で逃げ惑う生徒たち。
果たして生きて還ることができるのか⁉
かわいくて残忍な〝包丁さん〟が
巻き起こす学園パニックホラー！

［著］城崎火也　［原作］神波裕太
［イラストレーション］鍋島テツヒロ

定価 本体1,000円＋税

フリーホラーゲーム
「包丁さんのうわさ」
完全ノベライズ!
包丁さんのうわさ
「オウマガトキの儀式」

『ファタモルガーナの館』縹けいか×『薄桜鬼』カズキヨネ
絶望的感動作！
「モーテ ―水葬の少女―」
著：縹けいか イラスト：カズキヨネ

——夏祭りの夜、少女は「ノロイ」に触れてしまう。
シロノノロイ
shironONoroi
人気フリーゲームを
原作者自ら
ノベル化！
著 namahage2
イラスト △○□×
MF文庫J